燧人氏
—— SUI REN SHI ——

为你钻取
智慧之火
Get the fire of wisdom for you

目标在寻找它的神枪手

世宾 著

SPM 南方传媒 | 广东人民出版社
·广州·

图书在版编目（CIP）数据

目标在寻找它的神枪手 / 世宾著. —广州：广东人民出版社，2024.3
ISBN 978-7-218-17363-4

Ⅰ.①目…　Ⅱ.①世…　Ⅲ.①随笔—作品集—中国—当代　Ⅳ.①I267.1

中国国家版本馆CIP数据核字（2024）第018984号

MUBIAO ZAI XUNZHAO TA DE SHENQIANGSHOU

目标在寻找它的神枪手

世　宾　著

出 版 人：肖风华

策划编辑：汪　泉
责任编辑：李幼萍
插　　图：陈　天
责任技编：吴彦斌

出版发行　广东人民出版社
地　　址：广州市越秀区大沙头四马路10号（邮政编码：510199）
电　　话：（020）85716809（总编室）
传　　真：（020）83289585
网　　址：http://www.gdpph.com
印　　刷：广东信源文化科技有限公司
开　　本：787mm×1092mm　1/32
印　　张：9.25　字　数：210千
版　　次：2024年3月第1版
印　　次：2024年3月第1次印刷
定　　价：58.00元

如发现印装质量问题，影响阅读，请与出版社（020-85716849）联系调换。
售书热线：（020）87716172

前言
你的本质从未远离

世宾

从漫长的人生来看，你是什么人，就必然做什么事；也可以反过来说，你做了什么事，你就成了什么人。这个正反说法，贯穿其中的就是：你作为人自身的本质从未远离你，你的本质在行动中完成。正反说的这两面就像鸡和鸡蛋，很难分出先后，但对一个人来说，对一件事情的选择，内在世界起着决定性的作用；而对一件事情的选择，也会影响内在世界的建设。内在世界就是你的本质；内在世界又决定了你的行动。行动显现了你的本质，而你的本质决定了你的行动。

许多人希望把事情做得更符合自己的心愿，但是否能超越境况对你的规范，你是否还是你想象的"那个人"，这又要看行动。"想成为"那个人和"是"那个人之间隔着行动——持续的行动。行动就是存在。有持续的行动之后，你的本质才可能呈现出来；你的行动就是在不断地塑造你的本质，你的本质在行动的过程中呈现。对暂时的停滞不用太过于忧虑，你的本质最终绝不会缺席，它总是会在关键的时刻发挥作用。某些时刻你的本质消隐了，但是它依然深藏在你的心底，而且它成了你成长中最强烈的稳定器和吸收器。在你遗忘的时候，它依然在工作，在汲取养分，在往"那个方向"推动着你。在这方面，恰当的时机到来时，你的本质就会爆发、呈现出来。

想刻意遗忘它，或者转移了注意力，但是，"光把大地化成了光源"，此时你的本质就是"光"。只要你的本质没有改变，它依然会在你没留意的时候替你吸收着养分。哪怕是置身于那些反面（负面）的东西、反面（负面）的力量，最终也会成为孕育你的力量，催化你的成长。你的本质总要在某些时刻呈现。本质有时会处于消隐的状态，而后又再呈现。人生就是这样反复，不断完善。

当然，原先的愿望也可能被放弃、会变异，人生走向了其他轨道。而每一次带着人生本质的存在，就是你生命的一个关键点。人生就是依靠这些点串联起来、聚集起来，也依靠它们最终呈现生命的形象。

我是行动存在主义者，相信人生就是依靠自己的选择和行动，使作为人的一生的形象被塑造出来。存在并不是先天的，对于人的存在来讲，人必须在行动中才能存在，人通过行动而让自己的存在得以呈现，不然就是一个一个模糊的、不明确的、混沌的，甚至是被异化的存在物。那时，人自身的本质、自身的形象并没有出现，也就是说他不是他自身的存在物；从诗意的角度，可以说他是不存在的。

　　哲学中有一句话"存在先于本质"，意思是人的本质形象是通过行动来凝聚所有时刻的存在而最终显现出来。每一时刻的存在必须有着生命的本质属性，因为本质属性没显现的时候，你的"存在"是不存在的，那些失去本质的时刻就不构成存在。

　　自我生命的存在有很多阶段，有些时候是反面（负面）的存在，有些时候是正面的存在，比如当你遗忘了本质的时候，此时存在就是反面（负面）的。但我相信，你的本质依然在那一刻存在于你的内在世界里，因为你最终要把一切消化掉，把正反的力量都消化掉，来凸现你的本质、呈现你的本质形象。某一时刻的呈现，比如说写作时，在富有创造力、喜悦的创作中，这一刻你的存在就呈现了，但此刻还不是生命的全部本质，只有在盖棺定论的时候，生命全部的本质才在那里终止，也在那里被确认。在此之前的过程，有本质的属性，但还在形成本质的途中。

　　当我们能够触摸到生命本质的脉动时，我们就可以更加从容地面对生活，面对生命中出现的任何状况，并享用它。欢乐和痛苦都要用来酿造生命的美酒，至于到达哪里，那就听天由命。我们一生就是在努力建构和呈现我们的内在世界，建构和呈现互为表里。呈现是内在世界的自然流露，建构是每一次创造、突破的总和。创造在生命里——也就是那个内在世界——具有推陈出新的意义。创造是指某些时刻外在的发现和新的制作，结果出来的这个过程就是创造及创造物产生的过程；而呈现是你内在世界完成的结果。创造和呈现都具有阶段性和最终性，它们互相催动、互为转换，每一个时刻的创造，反过来又在丰富着内在世界。内在世界的本质也是在创造和时间里面逐渐凝聚起来。"存在先于本质"，也就是说，在每一个创造的过程中，我们的本质也在凝聚，最终一切创造形成我们的内在世界并使之得以呈现。诗（一切行为）是内在世界的投影。每个人的内在世界也是在不断地、一个时期一个时期地生长，而这生长既通过我们的经验、思想、意志，也通过创造而凝聚在内在世界里面。

有人说我这本书的语言很重，我说是的，这语言来自确定性的世界，那是诗意的、诗性的世界。但在日常生活中，我们的所有语言都是轻的，因为现实中我们都是有限性的人，我们有欲望、有妥协、会怯懦，一出手就是双刃剑，一切行动都带着阴影。这就决定了现实中的语言都是轻的。我们满怀着怜悯和同情在目睹和经历着人间的苦难（事务），我们通过经历、经验、体验力、意志力，依靠"生命中不能承受之轻"之事物而抵达"知"的境地，并与其建立了内在的联系。语言作为本质的存在，它既是我们要抵达的地方，也在对我们发出召唤。我使用命名式的语言、用确定性的口吻说出，一方面是因为我深切地感知到"那世界"的存在，另一方面是因为"那世界"借我的口发出它的声音。

希望这本小书能引领你进入你的生命，走入一个区别于日常的世界，让你与自己的本质属性相遇。

2023年10月2日

目录 | CONTENTS

 卷一　对知识的认识

占有欲是上天的馈赠　　　　　　　002

保持内心的坚定性　　　　　　　　007

寻找自我的内在价值　　　　　　　009

不必过于追问意义和结果　　　　　011

遵从自己的内心　　　　　　　　　015

叛逆与创造是孪生兄弟　　　　　　022

平庸是扼杀锐气的匕首　　　　　　023

繁殖与压抑　　　　　　　　　　　024

拓宽生命的空间　　　　　　　　　025

卷二　自我在挫折中完善

理想主义者的根柢　　　　　　　　034

基于时代，超越时代　　　　　　　039

葆有一个丰盈的精神世界　　　　　043

打开生命的内在空间　　　　　　　046

在庸常中获得诗意　　　　　　　　049

不断腾空自己的内心世界　　　　　053

不要设定命运的边界　　　　　　　058

个体生命的宏大历史背景　　　　　059

保持自由的个体生命状态　　　　　061

走向宽阔之境　　　　　　　　　　066

让你的生命凝固下来的事情　　　　068

卷三　深刻的关系在对话中展开

你是需要被感受到的"那个人"　　072

倾听、参照和召唤　　　　　　　　074

高贵精神催动生命的壮大　　　　　080

既爱之，又不沉溺其中　　　　　　085

两种幻觉相遇　　　　　　　　　　088

卷四　万物的宿命

目标在寻找它的神枪手　　　　　　094

重构自我　　　　　　　　　　　　096

珍惜时光的馈赠　　　　　　　　　096

不同的维度有不同的生命　　　　　097

建构个体生命的尊严　　　　　　　099

精准评估失败的价值　　　　　　　102

自由不是随心所欲　　　　　　　　107

如何与世俗相处　　　　　　　　　110

卷五　属于自己的只有一条道路

神灵就是自我的纯粹　　　　　　　116

荒谬的合理性　　　　　　　　　　123

卷六　以有限性对抗必然的无限性

脆弱的自我拯救　　　　　　　　　128

幽静之美　　　　　　　　　　　　129

敞开的过程　　　　　　　　　　　131

虚无的目标　　　　　　　　　　　134

与世界达成和解　137

超越被定义的命运　141

保持相对独立　157

卷七　打开丰富内在世界的通道

诗歌使人开悟　166

请勿过分依赖物质的庇护　168

自处之道　174

精神空间　175

无法超越的有限性　179

卷八　语言在雕塑大地

被语言确定的　184

"丛林间"　186

准确的理由　187

语言的内外兼修　188

"世宾的失眠"　192

诗歌是安顿生命之所　195

卷九　跟伟大的灵魂对话

燃烧的边界　　　　　　　　　　　　200

走出自我抚慰的小情调　　　　　　　203

写作的边界　　　　　　　　　　　　210

打开诗意世界之门　　　　　　　　　215

呈现另一种生命状态　　　　　　　　218

"我是"和"我要"　　　　　　　　　220

抵达安静之境　　　　　　　　　　　222

卷十　每个诗人都有一座花园

看穿"热闹诗歌"的假象　　　　　　226

请勿在谎言中沉睡　　　　　　　　　228

命名属于诗的世界　　　　　　　　　232

诗歌世界的庇佑　　　　　　　　　　240

卷十一　写诗就是求道

诗歌亲人　　　　　　　　　　　　　246

致力于一种自适的圆满　　　　　　　256

跨越历史的惯性　　　　　　　　　　258

不重复别人　　　　　　　　　263

文学是对快速的抵消　　　　　264

卷十二　美是生命的战栗

美之外的东西　　　　　　　　268

自我的审美　　　　　　　　　268

从审美愉悦开始　　　　　　　269

唤醒美　　　　　　　　　　　271

审美的前提　　　　　　　　　272

美的承载物　　　　　　　　　274

美的经验　　　　　　　　　　279

卷一

对知识的认识

占有欲是上天的馈赠

自身的生命经验，对历史、社会、人的本性的认知，这些，都可以称为知识，它可以来自书本，也可以来自自身的经验。如果对这些知识有感同身受的能力，就有了包容和吸纳它们的可能，这些知识就会内化成个体生命的一部分。拥有这些知识和消化这些知识的能力，就能真诚地对待相遇的事情，也就有了处理所有事情的更大能力。

尽量让孩子们多接触书籍，让他们接触更多的信息、思想，让他们成为具有开放性的人。阅读更多的书，让他们的世界变得更加丰富，他们才可能有更多的选择并形成判断力，不然，他们就会被单一的思想、知识所束缚，并被它们所规范。那他们将来就是匮乏的、扭曲的人，这对生命是一个巨大的伤害。我们对孩子要负一点责任，给他们关于美好的概念，爱、希望、理想，每一个词都是一粒种子。一代人有一代人的精英，每个人都可以成为优秀的人。必须鼓励他，影响他，让他意识到在现有的教育之外，还存在着非常多的可能性，只要愿意去争取，广阔的世界依然向他敞开。每一个孩子都有成为与众不同的人的愿望，给他机会，告诉他，他就有可能、有能力去超越他现在所处的环境，去追寻那些更高远的东西，打开他的胸襟，开发他的内在世界。内在世界对一个人来说是最重要的，年轻时有一个宽阔的内在世界，将来就有可能去丰富那个世界，也就不容易被奴役、被扭曲。而当他们的生命的可能性被关闭时，他们就处于一种无知的状态，这种无知、蒙昧就会让他们容易满足，或者轻易地被诱导，使他们活在一个肤浅而扭曲的生命状态里，并且得意扬扬。

进入青年期时，一定要让他们知道生命可以更加宽阔、更加丰盈，要让他们意识到、认识到、感觉到剥夺和丰盈在现实中的存在。他们就会在未来的日子里去追寻那更广阔而美好的东西，就不容易受到肤浅的诱惑，也就不容易作恶，因为他们已经知道那美好的东西也在注视着他们，在未来的时间里，他们会不断让自己走向一条区别于他人的自我的道路。

我愿意将自己的小孩带向一个更有尊严、更丰饶的人生，我觉得他们现在还有这样的机会。生命是可以塑造的，我们必须让他们从被束缚中挣脱出来，在打开广阔视野的基础上去追寻他们自己的道路。

孩子也不一定会顺着我们的意愿成长，毕竟学校、社会等外部环境对他们的影响也是存在的，还有，他们的同辈人对他们的影响实在是太大了。我让女儿去读某些书，结果她说我这是不让她交朋友，意思是她读这些书，而不是她的朋友们在读的那些书，她们之间就会缺乏交谈的话题，她就会没有朋友。但是没关系的，我相信等她再长大一点，她就能够理解，因为我总是相信，一个人天生就有追求卓越的生命渴望。等她觉醒的时候，她就知道哪些东西才是她要的，她就能够从这些粗浅的事物、肤浅的事务里抽身出来，去学习，去丰富自己的生命。我们都是这样过来的，每一个生命，都有一种让自身强大起来的本能和渴求。

纵观历史，人类总能够在时代发展的潮流中不断革故鼎新，对很多问题加以改进，比如关于占有欲的问题。占有欲是本能，有可能演变成掠夺和战争。但殖民时代结束之后，帝国主义思潮消退，20世纪下半叶，许多国家摆脱了殖民统治，获得了独立。爱情实际上也是一种占有欲，被称为伟大的自私，然而，自私就是自私，即便加上"伟大"作修饰语，它也还是自私的，实际上还是一种占有欲。我们说这种占有欲是伟大的自私，是推动人类社会、推动个人发展的内在动力，但是，它实际上也对人构成了伤害。它还是会让人变得狭隘、产生嫉妒，恨也可以从这里面产生。我们面对它也是需要反思的，要时刻警惕这种伟大的自私在我们心中的翻腾。它可以有，但不能过于强大，如果有平等的思想，这种占有欲就会被削弱，就像过去的帝国，掠夺了无数的土地，但是在历史的进程中，人们最终对它加以反思，这种反思，就把人类带入了一个更趋于和平的世界。

占有欲肯定是最原始的一种本能，这跟人在极其艰难的环境里求生存的经历有关，它也成了推动人类进化、推动社会发展的动力，也是唤起个人自我发展的动力。但从文明的角度来看，这是一种狭隘的东西，它会使我们的内心变得狭窄，虽然它的确会极大地震撼我们的心灵。占有欲的本质是奴役，而一种奴役会召唤更多的奴役。当平等之心产生的时候，占有欲会减弱，可以和一种敢于舍弃的崇高感达成平衡和协调。

伟大的自私并不是爱情，爱情的本质不是占有，而是爱、关怀和施与。爱的本质是给予，而不是索取，爱能够对一切保持宽容、理解和同情。占有跟爱是相反的，但许多人把爱和占有等同了起来，认为爱就要占有，占有欲不强烈，就感觉不到爱。其实，真正的爱是没有占有欲的，爱是给予，它就是大光明。爱情中的确存在着占有欲，爱和占有交融在一起，但两者又是截然不同。这两者存在于同一个事物之中，因而时常被混为一谈。占有常常借着爱的名义，干狭隘的勾当。爱情里的占有可能也有爱的因素，但是，占有跟爱的确是不一样的东西，如果真的是爱，就应该把占有从中剔除，赋予爱更广大的空间。比如母爱，它可以包容子女的一切。爱本身应该是无限宽阔的，没有边界，能容纳一切东西，甚至容纳反对它的力量。

爱情是上天的馈赠，就像人类的性欲也是上天的馈赠一样，人类可以一年四季都保持着性欲的冲动，但要看我们怎样用好它。它能够给我们带来爆炸性的力量，它是我们欢愉和成长的动力。我也知道我身上有占有欲，它让我变得狭隘，我因它而痛苦，我时常批判它。但是它的满足所给予我们的力量和欢乐也是极其强大的，它推动着我们不断自我完善，它让我们充满激情，让我们尽量修复自己的缺陷。当占有欲消融于爱，我们就能最终把它从我们的生命中剔除。

　　我们不能把欲望与我们对美好事物的追求对立起来，欲望也是我们追求美好的原动力，只是要看我们如何去引导欲望，使它倾向美好的方向，去往美好的地方。我们不能丧失欲望，我们的一切努力背后都是欲望的作用。欲望应该跟崇高、善和平等心结合，才能使其作用得到提升。

　　只有把爱情的占有欲和欲望，都看成是上天的馈赠，一切才迎难而解。这样我们就没必要纠结于它可能带来的负面情绪。欲望的涵盖面很广，占有欲只是它的一部分，把占有欲剔除，欲望依然能引领我们去往更加美好、广阔的地方。

　　情绪是不能被压制的，甚至难以被理性控制，但是，理性的认识使我们能够在整体上把握事态的发展。一个不能把握理性、无法控制自己情绪的人，肯定也是一个懦弱和狭隘的人。扩大理性的认知，让宽阔的世界进入自身的心性中，能使情绪的波动趋于平稳。

　　每个精神世界丰富的人，都是风情万种的人。有没有把自己呈现出来，是否有人能看见，那是另一个问题。在无人的地方，他们都在自我开放，他们从不管外界是否关注，他们的生命就是绽放的花朵，压也压不住，千姿百态。他们活着，就会在不同的时间里以不同的面目出现。

　　如果苏珊·桑塔格真的对薇依有什么微词，这些冲突并不能说明她们就有截然不同的立场，一些看法是从社会学的角度看问题，另一些则是从生命或信仰角度看问题。个人的存在是唯一的东西，在社会的普遍性层面上，不能要求每个个体都是一个样子。她们都有一个慈悲和宽阔的胸怀，她们的爱和批评都是基于知识分子践行思想的责任。苏珊·桑塔格的批判就像佛家的怒目金刚，薇依的苦行就是佛家的地藏菩萨的修为。

保持内心的坚定性

每个人年轻时都必须有愤世嫉俗的阶段，如果从一开始就是妥协、顺从，那这个人一生之中可能就没有醒来过，没为自己活过，没有对施加于自身的事情有过自己的认识，那这个人一生可能就被人云亦云淹没掉了。年轻时的愤世嫉俗、觉醒非常重要，那是他在为自己的未来人生打开一个缺口。

这个世界需要勇气，需要新鲜的力量去不断冲击，生命也是在对这个世界的冲击中而活起来。一个人在年轻时如果没有具备这种活力，那他在其他时间段也是不可能具备的。虽然我们也知道很多年轻人在这个时期富有勇气、富有理想，也会有很多人后来被生活磨灭掉，但是，如果青年时期没有自我的建设，那就是连被磨灭掉的可能性都没有过。

遗忘或者消失，这些规律在人生中必然存在，我们应该顺其自然。成长受一个人的禀赋影响，达到人生高峰之前的这段过程可以持续很长时间，也可能停留在某个地方，这是无可奈何的事情。作为人，我们自身的时间有限，我们付诸努力，但内在世界能够怎么生长，最终只能顺其自然。而置身于伟大关系里，与书籍、与优秀的人在一起，人便能够不断成长，这种关系也能够被永久保持。任何人夺不走这种关系，因为其中具有强大的力量。这是一种秘密的拥有——置身其中的人有更宽阔的视野和胸怀，他们知道，这种关系是一种互相滋长的关系，可能其他人不知道，也无法证明，但是时间和天地能够证明，而置身其中的人也知道这友谊带来的喜乐，他们所倾注的感情、热情都是那么高尚、那么纯粹，他们能够体验到它的可贵。

很多人没有能力去体验、触摸那一个深邃的、高远的世界，他们的确难以相信那个世界的存在。而我们能够感受到、体验到，而且还能置身于其中，在里面感到愉悦，能够体验它作为一个皈依的地方的存在，它值得我们用所有的时间去靠近它，去创造它。这份信任是基于我们能够有共同的体验和感受，我们的方向、震动的频率是那么的协调、那么的一致，而且这种震动还在互相印证，互相推动，它使我们愿意用所有的热情去面对。

圆融是中国人的生存智慧，在现实的环境中，圆融对于个体来讲非常重要，内方外圆，这是自我保存。但是整个民族的圆融，最终就会导致妥协和软弱。保持内心的坚定性，只有很少的个体能做到，更多的人会在随波逐流的过程中最终被改造、被异化。但是，一个有限性的人在残酷的现实面前走绝对的道路，必死无疑，而且没有复活的可能，他可能就会粉身碎骨，甚至连"嗞"的一声都无法发出。

寻找自我的内在价值

无数生命都被困在麻木、短视、忧愁和患得患失里，只有极少数的人能通过思考、写作、践行和体验，抵达、创造丰盈的生命。丰盈生命所存在的样子是那么饱满、从容和欢喜。通过信仰也许能体验喜悦，但对苦难、对生命的丰富性的体验和认识，或许不及真正的诗人所能体验到的那般丰富。信仰是通过对神迹的确信、体验和确认来获得愉悦，而诗歌则是通过对生命的可能性和生命极致的确认来获得丰富性体验。通过对生命极致的把握而获得对生命的奇妙性的体验，这体验就是感受到自身的内在丰盈，并获得对作为有限性的人承载、承担生命尊严的确认，感受到生命所发出来的光，让自己在暗淡的世界里被照亮。

如此，你会越来越勇敢，越来越有力量，将没有什么东西能够让你畏惧，能够打败你，你就是自己力量的源泉，你也会自己发光，能照亮自己，也能照亮周围的人。

一个人的成长与否不在于他是否激昂向上，而是在于教育和自我教育。一个人在成长过程中给自己的内在世界填入了什么样的知识和价值观，内在世界的边界拓宽到哪里，决定了生命能成长到什么程度。有人激昂一生，却永远在肤浅和庸俗里打转。如果他的内在价值是平庸的、被异化的，他的激昂必然沦为庸俗的催化剂。他在世俗中的获利和权势，也不能改变他内在匮乏、扭曲的事实。他的激昂所追求的并不是生命的完整、人的价值，而是某一种异化的、虚幻的、他人灌输给他的价值。

拥有丰盈生命的纯粹的人，从世俗角度是无法被理解的，世俗中人都用功利的目光看事情。有人问：写诗有什么意义？拯救人类？并非如此。写作只是一种自我生命的需要而已。但很多人不明白，他们认为功利在支撑一切行为，每个行为背后都有一个功利的目的。对于追求自我完善的人，目的是内化的，而更多的人的目的则是外化的功利。内化目的贯穿于行为的全过程，而不是结果。美好的人生就是在良好愿望底下，朝着愿望努力的过程。不能把这朝着愿望努力所达到的那个终点作为判断人生的标准，人生的意义在于追求这个愿望的全过程。在这个过程中，有我们的意志、愿望、付出的努力，喜悦和悲哀都会在这个过程中出现，这既是过程，也是目的。所谓目的不是最终那个终点，而是贯穿人生过程的愿望。如果把目的固定下来了，就带着功利了。

不必过于追问意义和结果

我没办法证明我的坚实性，我不能证明我的坚实性，只有那些伟大的灵魂才能证明自己的坚实性，并且证明我们追寻他们的正确性和正道的所在。

阅读、写作给我们带来的是现实中的喜悦，这种惊喜和喜悦充满着活力、张力和可能性，充满着人类在灵魂深处的经验性和体验性。这些感受和体验也存在于现实的空间里，但不能被证明，只能经验。我们对所体会到的可能性，无法证明它具有永恒性，也无法证明我们追寻的永恒性，永恒性必须来自于永恒世界的灵魂和语言。

我能感觉到生命在成长，越来越丰富、厚实。我越来越能进入事物的内部，去感知和认识它们的肌理和来龙去脉，能确定它们之间的关系；我不会由于挫折而抱怨，或由此而怀疑生命更高的可能性。我会在失败和喜悦里汲取养分，让自己的生命在时间里慢慢丰盈。虽然我一直在批判，甚至认为批判为美打开一个缺口，但是我依然对社会和未来保持着热情，就像我的一句诗，"一句诗周身散发出光芒/如果它源自我已厌倦的日常——我爱"。

我可以说经历了生命不同阶段的种种变化：年轻时生机勃勃、精力充沛，现在进入中年，精力充沛的状态已经弱化，但也能习惯这种新的状态。此时生命进入了另外一种境界，情绪更加稳定，思虑更加深远、更加有智慧、更加从容，这就是身体发生变化之后，在生命的另外一个方面所获得的补偿。有得有失，我从来不惧怕这种变化。在很年轻的时候，我就开始想象一种接近老年的稳定生活，觉得那也是非常美好的，当然它必须伴随着智慧的增长和生命的从容。如果现在还像年轻时那么焦虑的话，那肤浅而粗陋的老年就十分不堪。

写作、创造、爱着，在这种状态下，就不会害怕生命老去。年轻时是索取，是在不断地汲取养分，这是一种欲望的表达，或者说是生命力宣泄的一种书写。而到了一定年龄之后，当欲望减弱的时候，生命的美就在于创造，在于赠予。这样的生命，它是宁静的，也是美好的。丰富而美好的心灵，不会孤独，会拥有爱，此时的爱，可能更多的是馈赠。生命能够因此得到安宁。

对于被日常裹挟着的人来讲，能够一个人安静独处，有一个独立的空间，没有恐惧，不会由于焦虑而惶惶不可终日，这时候就是个节日。我很享受那种边走路边思考问题的状态，思想被激活起来，不断地往深邃的地方探索，这种状态将我从一种日常的麻痹和得过且过中唤醒、点燃。

现实生活中的事情需要用智慧去处理，怀着善良的愿望，用正确的方式、方法去处理。在时光荏苒中，所有的事情都是可以解决的，有些事情的解决要靠能挨的耐力，挨过去就是晴天。这世界上没有一种力量强大得过时间，在正确的方向上，时间会为我们解决一切问题。对于一个强大的生命来讲，一切挫折和苦难都是命运的馈赠，只要我们有足够的智慧去处理，就必然有豁然开朗的一天。有些事情是我们生命中必然要经历、要去承受的，逃避并不能使生命变得更加坚定、更加宽阔。这个过程，让我们既理解自己，也理解他人，理解事物自身的规律。现实之中没有一厢情愿的东西，我们总是必须去承担自己的命运。当然，作为俗人，我们总有趋吉避凶的愿望和冲动，但是，有时候也难免会遭遇厄运，这就要求我们必须用智慧去加以处理。事实上，人的成长必然经历挫折、困难和苦难，只有经历这些，生命才会获得力量，也才能真正体会和领悟人间的真谛，"人间正道是沧桑"，困难和挫折才是生命的真正本质，岁月静好只是一个幻觉。

不要过度追问意义，更不要在结果的尺度上追问意义。把那些可以触摸的或者实实在在的结果理解为意义是一种狭隘的价值观。世上没有意义，只有行动。写作就是一种行动。在人类的历史中，有无数的修士、隐士不留痕迹，像沙一样被吹散。天才、伟大和渺小也都是人类的定义，是被价值规范出来的。对宇宙来说，没有伟大和渺小之分，只有时间缝隙间的沙尘。而我们只是要让我们的这种体验和思想作用于我们的生命，让我们的生命变得更加丰盈、更加勇敢、更加有力量，这就是在短暂的生命里面唯一有意义的事情。行动可能不是意义，它本身就是目的。生命活着，这具肉体作为工具，就是要在有限的时间里引领生命，使之变得丰盈。

结果是不重要的，所谓伟大的人物也同样是芸芸众生中的一员，都是要消失的，纵使写下了伟大的诗篇，被人们记住，也依然是卑微的众生之一。我们并不是要依靠写作去超越卑微，而是作为卑微的生命，在做一件有趣的事情，一件使卑微的生命能够获得存在感的事情，它与人类的想象力、美好的事业融合在一起。做有趣的事情，使我们的生命变得更加丰盈、更加深邃，让生命的存在感更加扎实，而不是像汤面的油花，或者一片随风飘逝的落叶。

一切价值包含在过程之中，过程决定了生命的质量。我们可以看到生命在过程之中逐渐丰满起来，过程的目的就是使生命更加丰饶、更加富有力量。作为有限性的人，我们的体验力、想象力在生命和创造的过程中得到发展，是不屈不挠的过程丰富了人的形象。

专注于诗歌的世界，在写作过程中便完成了一切，包括我们所追问的意义和结果。一切都会包含在过程中，结果会自然呈现，不需要去追问。而我们要做的就是不断去丰富想象中的那一个诗意的世界，让内在世界更加丰富、丰满，更富有美感，并用我们特有的语言、形式把它呈现出来，这就是写作的内容。写作的意义和结果也将持续保存在这个过程中。我们的生命会在不知不觉中强大起来，并且走向一个更宽阔的地方。过程既是道路，也是目的地。过程和每一次阶段性的结果是相互作用的，就像道路和路标，生命会因此变得确定和长远。

一首诗的完成就像一个人的生命被命运所注定一样，老老实实、本本分分去做，只问耕耘，不问收获。事实上，我不愿意用"耕耘"这个词，这个词包含着目的性，"劳作"这个词更准确，有命定的意思。只是用心劳作，本本分分地劳作，这就是诗歌之于我们的责任，之于我们的命运，我们就这样去承受它，去承受写作的命运。做事情就不要问结果、得失，结果是不重要的，不要太在意最终的结果。生命是一个过程，在这个过程中得到些许觉悟，能够践行内心所想、所感悟到的东西，并以一种热爱的方式把它呈现出来，这人生已经完满了。

遵从自己的内心

我们从不忌讳讨论伟大的心灵，但是不需要去执着于伟大或者渺小；生命必须听到高远的召唤，并且努力去抵达它、完成它，但也不需要去问我们是否真的能完成，一切都在行动和生命的过程中。命运、得失是上天的馈赠，作为一个有限性的人，命运馈赠给我们多少，我们都必须欣然接受。我们要体验的是生命的可能、生命的美妙。怎么在这有限性，这充满着挫折、痛苦的人生里，活出"妙"来？一个有限性的人能突破生命的边界时，"妙"就在他的生命里出现。生活之中，一些有趣的东西，若它每一次出现，我们都能够把握住，就会感觉"妙"无处不在，而且充满意义。去抓住它，就是抓住自身生命的本质，每一次"妙"的经历，都在加强自身的生命属性。如果这样，我们就能够在这虚无的、短暂的物质的生活里，充满热情和喜悦地去参与其中，并且从中获得力量，获得活着的欢乐。不要问这"妙"的体验的高低贵贱，在体验着"妙"的生命状态里，不要问活的意义。活可以说无意义，甚至接近无聊，但也可以是充满热情的。"妙"能够把我们对世界的理解引入其中，在欢乐之余，还能够通过语言来守护我们的内心，建构我们想象的世界。

　　智慧地生活，不问意义，遵从自己的内心去生活就行了。写作能不能做到伟大、能不能成功，这些都不是你要想的，这是要交给命运的事情。只有写作能够让你体验到生命的饱满和想象力、活力的存在，还有什么好再期待的呢？人类历史里有多少天才都被埋没掉了、被扼杀掉了，甚至在未成年的时候就夭折了，这是上天的事情，我们不过问，我们只体验我们应该体验的，经历我们必须经历的。

　　有些人更擅长思辨，头脑更具有逻辑性，有些人的头脑则更接近诗性，具有更强的形象思维能力，连一个哲学概念都能在头脑中浮现图景、形象。诗歌就是这样，把头脑中所看到的图景和形象用语言呈现出来。

　　从语言哲学的角度，我们并不能真实认识世界，我们看到的世界就是我们认知的边界，我们是生活在语言虚构的世界里。因此，写作就是在加深我们对世界的认识，拓宽我们生存的边界。从自我建构的角度看，人是被家庭、教育、社会关系规范出来的。在这种人为的规训中，我们可能会被塑造成别人要的模样。但我们自己的主动权在哪里呢？我们希望自己成长为自己喜欢的模样，那就需要更多的知识和经验。阅读和写作能给我们带来新的改变，并且把命运握在自己手里。规范和匮乏剥夺了我们选择的自由，而阅读带给我们广泛的知识，打开我们的视野；写作让我们思考、想象，从而塑造自己的命运和世界。

内在的宽阔和现实的逼迫之间的矛盾，这个巨大的空间需要用智慧加以处理，才能平衡生命的成长。对现实要保持宽容理解，甚至要跟它周旋，改变它，但不要被它伤害、吞噬；而对于精神的空间，要给予巨大的信任和一种不妥协的热爱，这需要耐心、能力，对两者要智慧地加以调和。没有绝对的、永恒的办法，面对每一件事情时，用不同的方法、不同的手段、不同的心态去处理。对现实和内在精神，都要保持足够的信任和热爱，并在两者的角力中，展开生命之旅。

不要去定义生命，不同维度、不同空间具有不同的要求，它们的好坏标准都是不一样的。如果只有一个空间的定义，那生命就太狭窄了，过度地跟现实纠缠或者斤斤计较，就会狭隘地陷入功利主义的泥坑。我们需要宽阔的空间，需要有多维的标准，这样在任何事情上，我们就具备了广阔的回旋余地。

活在世间而不属于它，这就是智慧。我们的生活、生命必须在多个维度上存在，单一的维度是狭窄的、虚无的。只有在多个空间、多个维度安放我们的生命，让生命在不同的维度和空间里穿行，生命才有可能丰盈起来，才具备抵抗任何侵蚀和束缚的力量。这样的生命也才活得通透。

所有的生命都天然存在着一个通向高处的内在世界。在幼年时，它处于沉睡的状态，像空气一样存在着又不为所知。成长过程中，无论经历什么样的人生轨迹，这个内在世界都会不断地凝聚，不断地变得清晰起来。如果一个人愿意去追寻这个世界，信任这个世界，这个世界就会把它的形象凸显出来，并且馈赠给这个人。但是许多人在成长的过程中，把自己的内在世界埋葬了，于是只剩下被外部世界塑造出来的那个模样。一个人在成长过程中，必须形成一个宽阔的、边界柔软的内在世界，这样才能够在漫长的成长过程中吸收经验、知识，建立自己有根基的世界。如果内在世界的边界过于坚硬，成长的空间就被局限了，未来的经验和知识就很难转换成滋养个人成长的养分。

当下其实存在很多优秀的生命，他们能突破现实的规范和生活的规训，在自觉之中追寻个人的内在世界、生命发出的声音，并逐渐呈现出坚韧、丰盈的生命形象。内在世界需要在时间中丰富起来，要通过时间的雕塑，才能够慢慢成形，被生命所确认。内在世界被确认之后，一个人就能够清晰地观照外部世界，对外部世界做出清晰的判断。外部世界既属于我，也不属于我，就像我们的精神置于身体之中一样，我们也置于外部世界之中。因此一定要爱它、珍惜它，与它和谐相处，但也不要被它卷进去，成为它的奴隶，被它奴役或者沉溺于它。我们知道我们可以有更超拔的灵魂，有更高的爱和更坚定、宽阔的精神存在于我们的内在世界里。这个内在世界才是真正照亮我们生命的明灯，向我们指出生命中存在着一条区别于现实功利的更宽阔的道路。这种确认，让我们没有畏惧，让我们充满爱，而不被扭曲。

我们不需要证明我们对世界全部的把握，或者说把握了世界的本质，我们没有这个能力去证明。我们的生命就像钻石一样，只是折射了从四面八方投射过来的光，我们把这些光凝聚起来。我们依靠自身的灵性去把握方向，信任生命的可能性，这就是我们唯一的道路，没有其他。

诗人、艺术家不是老师，他们没有教育人的义务。他们是在人类思想的基础上向前推动的形象制造者，他们需要冒犯规则，他们是旧道路上的叛逆者。他们不是要教人家懂什么东西，他们只是要给世界增加点新思想，创造新形象，这才是他们的任务。有一幅著名的摄影作品，画面是一只秃鹫在等待吃一个奄奄一息的小孩，摄影师把这一幕拍摄下来，却受到了不明就里的指责。事实上，他把这个瞬间凝固下来、记录下来，他所拯救的可能更多，这是他作为摄影师的最高伦理。这就是艺术和现实之间的关系。诗人、艺术家的最高伦理，就是创造伟大的作品，创造作用于心灵的艺术。

什么叫对人有用呢？对谁有用呢？什么叫作"有用"？写作

是个人内在世界的呈现。内心中能够体验到一个怎样宽阔的、有力的、有爱的世界？人类如何在这个世界诗意地栖居？这样的问题，才是一个诗人要追问的。诗歌是发现，是对内在世界的建构。诗歌自身自有澄清的功能，意义就在一呼一吸之中。一个热爱生命、对生命有感悟力的人的写作，就是全部的意义所在。如果一定要再增加点"意义"，这意识就是对写作意义的削弱，甚至在玷污"意义"这个词。诗歌的意义就是它本身，写作就是把写作者想象中的世界呈现出来，这就是写作的最高伦理，没有其他。

当你一再强调一定要怎么样时，你就已被某种观念所控制。当然，那些——特别是建立在深刻和丰富的思考、体验基础上的，用自己的意志去选择的观念，都是值得尊重和坚持的，但它不能变成对其他人的唯一要求。所有选择都必须经过反思，经过拷问，经过自我选择才有价值。在行为和现实之中是以拒绝为意义的。

当你关心灵魂、关心纯粹事物的时候，那时光是严肃的，不是浪费。日常生活的时光是虚抛的、被浪费的。时光当然也可以被浪费，本来日常就在生物和伦理的惯性里。但对一个有自我要求的人来讲，不应当全部浪费，至少必须在愉悦里度过闲暇的时光，并且，必须让生命建立在多维度之上，单一和匮乏就是浪费。麻痹和遗忘是浪费，也没有意义。

何谓愉悦的生命？世上的孤独、痛苦，只要我们从容，有巨大消化力，就能够淡然面对。愉悦就是在面对困难、挫折时具有解决、担当和超越的能力，并欣然接受命运的安排的精神状态。生命的愉悦应该建立在生命力量的基础上，这也应该成为生命的一个目的。从容、强大、丰盈，这才是生命的目的。有了这种力量，在生活之中就能保持一种宁静、宽阔、愉悦的状态，就像弘一法师所体验到的悲欣交集。

要拥有丰富的思想资源，把人类的文化、文明，也就是生命可能达到的最高的高度纳入我们的思考范畴；我们必须意识到人类文明方向的存在，吸收在此维度上的精神和思想的力量，并以它来关照我们的现实生存，把人类的精神和价值跟我们的现实、跟我们的时代结合在一起。这样的写作就有了现实的价值，也有了历史和文化的价值。很多人的写作过于贴近现实，用日常的眼光观照日常的生活，这就导致他们的诗歌缺乏了精神空间，过于贴地面，呈现一种庸俗的、张力不够的缺陷。但我们也不能去写那些过于高蹈的、脱离现实的诗歌，这样的诗歌事实上是一种对现实的逃避，即对自身生存时代缺乏凝视和切入的能力。

给孩子一个善词，就像种下种子，有一天，它忽然醒来，就开枝散叶了；但有时候它彻底地沉睡过去，毫无作用。种下种子，就像等待命运。

如果生命没法丰盈，一直都处于匮乏之中，这的确是一件丑恶的事情。如果生存的环境越来越贫瘠，让你沦为一个弱者，那么保持批判性，保持痛感，保持一种追寻内心丰盈的生活方式，就是保存生命活着的意义和生命成长的空间，也就有了觉醒和生长的可能性。

本质上，自由就是离开。当原有的生活成为一种秩序，成为你眷恋的、依赖的对象的时候，就是自由的丧失。所以，离开就是对自由的追寻。

叛逆与创造是孪生兄弟

自古英雄出少年，总有一些人年轻时颇具叛逆性和创造力。但在成长过程中，想要做到继续往前推动，让自己的内在世界越来越丰富，就颇为艰难。很多人在某些时刻就停止了思考和创造，甚至很多人还在生活中倒退。

生命道德感是内在于生命的，是个体生命对自我完成的内在要求，它类似于"知天命"。生命道德感有别于社会道德感，后者是外部世界的规定，是社会、历史和风俗约定的规章制度，而前者是个体生命的自觉担当和自觉要求。很多人从来没有发现过生命的道德感，他们只遵循外部的、社会和世俗的那些规定。当生命意识到要自我完成，并且在这种自我完成的生命状态下萌发了自我要求，就是生命有了道德感。当信仰进入生命时，虽然道德可能来自于宗教，但此时已经内化为生命的需求。如果从未拥有这一维度的生命，那就只是苟且，或者只有现实中的利益。没有生命道德感，就没有真正理解、拥有过生命，没有真正生活过，而只是生存。

平庸是扼杀锐气的匕首

如果我们能够把日常生活中别人看重的事情经历了，然后立刻忘掉，那肯定是因为我们自身背后还有一个更广大的世界。这些日常的事情，在别人眼里可能很重要，但是我们能转身就把它们遗忘，说明它们在我们这里并不重要。过去在日常生活中，会很容易受到一些东西的冲击，而现在这种冲击的力度越来越小，虽然还在经历中，还是置身其中，但是，精神上受到的冲击或者影响却越来越小、越来越弱，究其根本就是生命变得更加强大。如果生命已经跟历史、跟人类文化、跟伟大的诗歌艺术联系在一起，那么眼前那一闪而过的，一点也不用在意，因为你背后已经是一个宽阔的世界。以这些伟大的诗歌和灵魂为参照，更坚定地往这些伟大的灵魂所在的方向走去，与他们为伴，以他们为榜样，这时候，现世的很多事情就如浮云一般。

不要过度沉浸于安逸或恐惧，庸俗的生活一直在阉割我们的精神。那种强烈的平庸不断地扼杀和磨灭人的锐气。很多聪明人无法专注于自己的内在世界，为了生存，为了在世俗生活中能过得舒服一点，最后把自己的激情磨灭掉了。

那些优秀的诗人肯定高于普通人，无论是精神追求，还是审美能力。对于一个写作者来说，走近同伴，就是互相取暖，并且通过他们加深对这个时代的体验和对自己的写作的理解和把握。

繁殖与压抑

生育首先关涉的是生物本能，繁衍后代，人类的发展是从生物本能里面脱身出来的。但为什么现在大城市中的生育欲望越来越低？按说，在城市养育人的能力更强，物质基础比农村更好。这里面牵涉的不仅仅是生育成本的问题，或者说物质问题，更重要的是养育子女的意识问题。生物本能和私有观念并没有影响生育的动力。从家族的繁衍——也是建立在私有制的基础上——到财产的占有的社会意识、理念，这些后天社会意识的产物并没有导致生育欲望的减退。在现在大城市的生活观、生命观，特别是个人主义的发展，关于生命的自我完善、自我丰富的意识的觉醒之下，生育欲望衰退的问题变得严重了。在短暂的生命里有没有必要繁育后代？有没有必要占有财产？甚至是你有没有财产？这些问题的产生，就彻底影响了生育的观念。现代诸多的价值被反思，生育欲望的根基被动摇。

人类是使用语言的共同体。语言既产生于交流，也产生于内在世界的丰富。人如果不纠缠在一起，思想匮乏，语言的大地就无法敞开，新的思想就难以产生，语言就会像枯枝一样黯淡，没有生命力。注重内在精神的发展，语言就开始繁殖。人的自我追求越发丰盈，语言就会更为快速地繁殖。

在生命成长的过程中，压抑所占的比例非常大，我们时常感到无法畅通地呼吸、自由地奔跑，有非常多"不可为"的规则横亘在面前，我们也常常向它们屈服，但内心和生命力一直处于躁动不安的状态中，尝试着反抗、突围。

这世上没有永恒的、十全十美的东西，哪怕是你所热爱的，也是短暂之物，也是会消失的。对所有事物都不需要过多强求，无论是多么美好，可能也就是一个幻觉。虽然有时候我们也能够实实在在地触摸到它，但它也难以在时间里永久地保持着新鲜。

拓宽生命的空间

老子说，"智慧出，有大伪"，智慧肯定不是一种纯粹的品质，智慧里面包含着计算，具有智慧的人可能也是老奸巨猾的人。但是，如果我们内心纯正，朝向善的方向追寻，智慧能够让我们获得力量以及施展的空间。生命弱小、脆弱，需要时间、坚持和正确的方向的守护。王阳明说"致良知"，"致良知"是一个过程，"致良知"就会让生命不断地成长。生命的目的是成长，而不是固守于某一种形式。虽然某些形式是可贵的，形式具有美学的意义，但对于一次性的生命，守护和促进生命的成长更加重要，固守某种形式有时候就是伤害。

智慧就像老子说的，"有大伪"，可能包含着计谋或妥协的某种机制，或者狡诈、手段，但是作为生存的方式，却是必须具备的，没有智慧肯定做不成事。我们对智慧的两面性必须清楚。不要把使用智慧看成是理所当然，当外部的生存环境变得恶劣时，智慧能够使我们免于遭受灾难、被孤立。

生命的极致和纯粹属于诗歌，是诗歌的动力，也是诗歌要呈现的世界。但在生活之中，极致的生命，简直等于自杀，等于殉道，它的美丽和绚烂，可能也带有摧毁的色彩。如果是命运使然，就需要勇敢地去面对，害怕和逃避也是无用的。纯粹的、伟大的创造是生命迷人的景观，而智慧是以牺牲纯粹为代价的，但是智慧能够给我们赢得时间和空间。作为创造者，就必须智慧地生活；如果是殉道者，那可能只有纯粹这条道路了，它是悲剧性的，当然也很美，是以生命的痛苦为代价。一个觉醒的生命，如果能够追寻自己的方向，他的手段就不是苟且，而是智慧。因为在这个过程中，他依然能够不断地生长，能够更加丰盈地体验各种各样的生命可能性，会对人有更深切的理解和同情。这就为他的生命打开了空间，奠定了厚实的基础，只要他内心中的道不会被遗忘、被取消，就会在这个求道过程中生长。

国学作为一种知识，是来自古代的学问，它无法触及生命当下的复杂性和可能性，无法触及生命秘密。生命秘密是当下充满矛盾的或者被遮蔽的现实，只有面对现实，才具有真正的生命活力，才能唤醒当下生命的认识和感知。诗意、诗性这些活着的东西，需要我们去面对并深入其中，把秘密和可能性敞开。而固守古代知识，就如同自己囚禁自己。

贫乏就是一种不自由，是对人的剥夺和扭曲，它使人活在遗忘和被嘲弄的境地。生命在贫乏的现实里，精神无法张扬，生命力无法舒展。自由对应的就是生命力的舒展。虽然说每一种处境对自由的要求不一样，但所有的自由都指向了生命力的舒展。生命力的舒展是无边无际的，所以自由也是无边无际的。自由不能被定义，不能被圈定，自由所对抗的就是不自由，所对抗的就是匮乏。

勇敢地走并听任命运的安排，也许就能让你打开新的世界。听任命运的安排，跟随它的脚步，不要畏惧。有时候让你停留在这里，你就停留；有时候让你走到另外一个空间里，那你就勇敢地走。不需要过度地主动选择，不要和命运执拗，听任命运的安排也是一条道路，这可能会让你更加心安，只要你没有畏葸不前。

从容一点，只要现在的生活还没到必须抛弃它，或者彻底反抗它的时候，就学着跟它好好地相处。跟它的相处并不是妥协，而是要从它里面抽身出来，或者能够在它的缝隙里获得呼吸的空间。你不可能彻底改变现实，但别选择彻底改变自己，也没有一个现实能够彻底地容纳你，给你栖息的地方，你只能在你的内心中建立根据地，并在现实和理想之间架一座桥梁，让时间在上面经过，又保持着成长的期望。

不要对外在有太多期待，这样才能够保持内心的稳定性。写作本质上是出于自己的内在精神需要，最终的目的是呈现和建构自己的内在世界。真正读诗歌的人少之又少，能影响多少就算多少，影响是次要目的。诗歌还在那里，对远离诗歌的读者不需要有太多的期待。

一个遇到事情时，情绪、方法、价值立场都比较稳定的人，就是一个成熟的人。这种人在处理事情的时候既有热情，也有合理性。如果说热情和合理性是硬币的两个面，那么他一次递出去的就是整个硬币，而不是以哪一个面去面对。如果要坚守纯粹的生活，以热情去面对生活，就必然有强烈波动的那一刻，生活必然以强烈波动跟你的纯粹产生呼应，因为现实也有狰狞的一面。

对于有抱负的人，打开或者重新建构生命空间，可能是当下的生命目的。我们的目的不是拯救人类或者改造外部世界，如果我们能对之加以改造的话，也肯定是间接的，因为这外部的世界不以个人的意志，也不以个人的行为而转移，我们只是置身其中，去观看，去参与，而我们又是那么的脆弱。

在孤岛上，这困境中的命运就是人类现在所处的共同命运。我们的命运都是被观看的。我们在目睹着死亡，目睹着一个人身上的灾难在降临，而我们无能为力。我们同样也会陷入这种命运，就像我们必将有一天会无可奈何地目睹自身的死亡。这时代的人必须残忍地经历、目睹自己的生命被无情考验的状态，越来越无可逃避。这也是跟人类对自身命运的凝视能力越来越强有关，就像我们总是能够提前意识到灾难、死亡的降临而无可奈何。我们也常常在预警，但是无法阻拦灾难的继续发生。很多事情都在逻辑之中，我们也清楚，但是无法避免。

有时候只要有那么一点点阻碍，就会让我们的思维无法往更深邃的地方发展。当这个阻碍被我们清除之后，我们就能够畅通无阻，抵达更幽暗、更深邃的地方，把本质性的事物揭示出来。这个点可能是一个角度或一种方法，它像某些固执的念头，有时候人类的障碍就在于一个点，把这一点清除了，一个广阔的空间就向我们敞开。所以，不需要太过悲观，忍耐一下，或者换一个角度、换一种方法，很多问题就能解决。最伟大的力量存在于自然、时间里面，总会有希望在被封闭的空间里重新打开一个缺口，这时会有光从密缝中、从坚固的牢壁中透进来。任何时候都不要也不用失去希望，自然、时间那里，留有更大的可能性在等着我们去开发。愚蠢的执念肯定是在自我封闭，在自寻死路，在自然和时间那里肯定留有新的可能性。有时候抽身出来，就有了新的可能，甚至能够创造一个新的世界。不要过度地跟现实纠缠在一起，若紧紧跟随它，就会深陷在里面。在这纷杂的世界中，我们独自存在，进入自己的世界，就有新的可能性；而且这纷杂的世界，也必然有一天会改变。

　　我们从来没摆脱过愚蠢、暴力。我们永远都是在反抗自身的愚蠢、邪恶这个过程中增长见识，积累智慧，看到新的可能性，寻找新的道路，在这个反抗的过程中得到自我认识的资源。每一次自我认识都重新奠定一块基石，这就是人类自我进化的过程。

　　无知的人是没有自由的。很多风花雪月的人以为他活在自由里，但事实上，他是活在自己无知的囚笼里。从这个意义上说，生命就是在与自己的不自由作斗争，可以说没有一个人真正达到知的境地。我们一生就是在跟无知对抗，我们的意志和勇气在这个过程中产生，也得到培育；我们永远都是在追求自由的路上。

　　一个丰盈的生命，愿意听从命运的安排，因为他知道命运会把他带到哪里。那是一个跟他的内在生命相呼应的世界。他在那个世界里能够感受到生命的尊严，能够感受到生命的美妙，所以他愿意、也敢于去那样做。

　　现在你已经体验到这一切东西了——外在世界与自身的气韵，但还有一样重要的事情要做，那就是创造。创造你的世界，你将归于你创造的那个世界，并且生活在其中。当那个世界呈现出来之后，你可能有做不完的工作。到那时候你才能够真正不受任何事物的打击，你将皈依那个世界。而在那之前你所具有的还只是一股气，这股气有时候会飘散，有时候会弱化，你肯定还会在未来的时间里经历反复。当你把你感觉到的那个世界创造出来，你才能够栖居于其中，那个世界才真正给你提供栖息之地。在那个属于你的世界被创造出来之前，你感受到的是能够和你呼应的来自他者的存在，最多还只能算是借宿。写作，会让那个世界的轮廓、那个世界的一草一木慢慢清晰起来。那世界就是你的创造物，也是你栖居的地方。

自由是生命的本质，无知是一个牢笼。让生命变得丰盈，得到张扬，这种丰盈和张扬也就是爱。爱是自由。在未获得自由的时候，每个人请认领一个方向。这些个人的努力加在一起，就在不同的层面、不同的指向上构筑了一个一个生动的本质，生命就有了自由。

卷二

自我在挫折中完善

理想主义者的根祇

如果我真的是不可动摇的，与其说是因为骄傲，不如说是因为对自身精神根基的坚信。我依然敢于对许多声名赫赫的权威予以批判，这是基于我对其背景及其在某个时期的作用的肯定，以及对他们所留下的缺陷的正视。对他们的批判不是对他们的不屑，反而是对他们的尊重，而我不可能因为尊重就失去批判的力量。

深刻的灵魂介入，就应该不断地受到良知和勇气的拷问。惟葆有哲学的诚实才能让人成为人，人的最大的潜力才得到发挥。想想哲学的诚实——思维的穿透力，它能够透过纷繁复杂的表象，把世界的本质揭示出来。那当然是一种最高的喜悦，这种喜悦久久不散，不像某些短暂的获得那样一闪而过。

所有的自我拯救，就是让自己的生命变得丰饶。无论是选择内在修炼，还是通过行动追寻理想，都是为了生命的完善，成就自身生命。有价值的生命做任何事情，做任何选择，都是在丰饶基础上的选择。只有这种选择，才能够拯救自身生命。生命丰饶既是生命完美的前提，也是结果。生命是在丰饶的前提下进行自由的选择、致良知的选择，这样的选择就不会徒劳。行动和选择有时并不一定要达到目的，就像西西弗斯推石头上山一样，它的价值就在行动中。

一个理想主义者，因为现实的恐惧和诱惑、因为怯懦而妥协，使其在现实中无所作为，并因此而感到羞耻。基于这一经验，我认为生命的基调就是羞耻，我甚至曾经说过，活着是可耻的。这种可耻就是指生命力被恐惧、诱惑所压制，使生命处于妥协、无可奈何和自我麻痹之中。这种生命的状态，对于一个寻求尊严、寻求灿烂生命的人来说，就是一种耻辱的生存状态。一个人若又没有能力和意志力去改变它，那就有了强烈的羞耻感。这只有一次的生命，如果在活着的过程中觉醒了，却无法顺着自己的内心去活着，那该有多么的悲哀。目睹着生命的尊严被恐惧和怯懦践踏时，你深切地感受到一种扭曲和溃败正在侵蚀着生命，而你还在活着，那么活着的羞耻感便油然而生。

这是真实的沉重的感受。一个人从年轻时就怀抱着理想主义，想当英雄，对任何强暴和诱惑都不想妥协，但是慢慢走着，有了越来越多的妥协，无法拒绝。骄傲的生命感受到了羞辱，就肯定会有一种羞耻感如影随形。

但我们依然要保持理想主义的信念，对现实的失败和无奈不必过度在意，它就是人生的常态。我们要坚守内在生命里的那些高远的理念，让它生根发芽、开花结果。现在我们可能在妥协中生活，但只要保持理想，就像保存着燎原的火种，也许有一天，依然可以发挥力量。此时的沉默和黯淡，也是积蓄力量。

对于我而言，支撑我的世界的因素有两个：一个是从年轻时培养起来的理想精神，以及由理想精神所支撑的价值世界；另一个就是我在使用的语言，我的生命和语言紧密相连，物质世界寄放着我的肉身，而语言才是我活在其中的世界，我在里面生长和死亡。生活的这两个层面，一个是外在，一个是内核，这两个空间构成了我赖以存活的一个世界，我就活在这个二维的世界里面。有些人所赖以存活的世界只有一维，只有现实的物质空间，我的世界跟他们的并不一样。虽然我也跟他们一样有同样的喜怒哀乐，但是，不一样的世界养育了不一样的人。

只要不颓废、哀叹，纵使经历失败，理想主义的火焰还在那里。只要理想主义的火焰没有熄灭，它在生命里的存在就会像在盐矿里丢下一根树枝，假以时日树枝上就会覆满闪亮的结晶。在人的一生之中，无论在什么样的情况下都保持着理想，"理想"这根精神支柱立得住，生命就不会垮下来；生命因此而活着，就能不断地吸收养分，并随时准备生根发芽。

因为高贵和内在的丰富，使你已经不需要其他之物来证明。就像一个朋友说的，给那些庸俗之物赞美和喝彩，实际上是不光彩的。高频率的人都会找到自己的朋友，我们需要的很少，人与人之间能够互相看见、互相听见，就已经很幸福了，我们也因此可以骄傲而勇敢地走下去。

做一件事情如果是为了求道，在做的事情中意识到道的存在，就相当于在劳碌的生命里吸入一口新鲜的空气。一个人做一件自己感兴趣的事情，能够让自己的智慧、真知和皈依感附着在上面，这个过程就是一个求道的过程。写作就是这样子，文本的呈现过程就是求道的过程，目的和结果都在过程中完成，至于其他的，譬如名声、利益这些都是副产品。不要在写作之外找理由，写作本身就是理由，这相当于呼吸就是理由，吃饭就是理由，再没有其他理由。当你窒息的时候，你很需要吸一口气，环境越压抑就越要追寻做事的意义，求道的意识使自我拯救成为可能。

我们所热爱的也就是热爱本身，它并不意味着我们热爱的就一定是真理，一切真理都在被证明的途中。

真理只能是建立在丰盈的生命基础上的自我的判断和抉择。寻求真理，目的就是使我们的生命有目标，它是目的，也是道路，生命是在追寻它的过程中成长、完善。生命在历史、美和人类种种美好的可能性上不断地追寻、求索，在一代代人的认知基础上养护、催生新的生命，并让生命变得丰饶。倾听着美好的事物，去追寻它，听由那觉醒的生命的选择，这就是我们生命的道路。

明亮是被光照临的一刻。只有听任内心的判断，并做出抉择，才有可能摆脱黑暗的笼罩；光的照临只在做出选择之后发生。不做出判断和抉择，就会陷入一种虚无的黑暗里，没有脱身的机会。

明亮是被光照临的一刻。只有听任内心的判断，并做出抉择，才有可能摆脱黑暗的笼罩；光的照临只在做出选择之后发生。不做出判断和抉择，就会陷入一种虚无的黑暗里，没有脱身的机会。

基于时代，超越时代

一个智者成熟之后，精神和生命就会变得非常坚定，不会茫茫然。孔子周游列国，谋求能够实现自己理想、施展抱负的地方。在列国间彷徨的时候，他才会惶惶然，有如丧家之犬。等他重新回到故乡，把一切放下，在那里教学生，那时候，他的内心就已经非常清澈，他知道了他的天命在哪里。知天命时，生命就清澈起来。

我必须亲切地理解每个普通人，因为我就是其中的一员。这是非常朴素的道理，我在努力践行这一做人的原则。我会原谅许多事物，因为其他人的过错和人性的缺陷都有可能在我自己身上出现。我非常清楚自己和其他人一样并不完美，绝对不是圣人，我也有小算盘，也会投机、妥协，所以我说生命的底色是疼痛、是愧疚。

重要的是我们必须一方面清晰地认识到生命更高可能的存在，这一意识为我们打开一个新的生命空间提供新的可能；另一方面，我们必须清晰地意识到自己要能够从生存环境的限制中抽身出来，吸收他者的文化，给自己更多的营养，赢得更多的生长空间。

伟大的心灵都是被时代的文化和生存现实所塑造的，但同时又必须有能力超越时代文化和现实的规范。重要的是，我们必须思考这个时代的伟大文化在哪里出现，伟大的文化塑造伟大的心灵，伟大的心灵书写伟大的作品。伟大的心灵自然流露的情感会带出这个时代的最高的文化和最高的诗意。伟大的心灵不由任何人定义，它只存在于语言和文本（行动）之中。也就是说，我们的心灵不能囿于我们的时代、置身其中的生活的塑造和规范，而必须超越我们的现实，通过对人类文化的吸收和想象来重塑自身，并且以这种生命状态来呈现我们想象的世界。产生伟大的心灵、诞生伟大的诗歌当然是无比艰难的，我们也清楚地意识到我们自身生存和生命的匮乏，但是，我们还是要努力去超越，必须有能力去体验、去吸收那可能性，甚至想象那伟大文化的存在，用心灵去感受它，去呈现它；对它的想象就是对我们心灵的塑造。

我当然希望灵魂是不朽的，并且能被我们感知到，但是理性和经验都从来没告诉过我们灵魂是不朽的。面对着人类的易朽，我忽然对人类的坚持和那种不屈不挠的探索精神感到无比的骄傲，这是来自易朽人类的可以被感知到的尊严。这是一个具有有限性的人一直在创造的无限性，以有限性挑战无限性，以生命的代价守护内心的真理，这样的生命包含着深深的尊严。

哲学、理性都不是让人冷酷，哲学和理性是让人更具激情，它们只是让激情更合理、更富有内涵，让激情通向美好。这就是阅读、理性、思想的魅力所在。在诗歌写作里，所有的理性、思想都要化成情感，化成激情。当你深切地感受到诗歌语言中理性、思想的美和价值的时候，它肯定唤起了我们的热情。

阅读、思考所获得和形成的理性、思想，都会反映到日常行动上并最终塑造我们的生命。可以肯定的是，理性并不会使我们丧失行动力，不会导致我们对行动丧失热情，更不会使我们对现实产生冷酷之情。事实上，理性使我们对生命、对现实产生更多的热情，它使生命从单一和匮乏走向丰富。理性使行动有了目的，使行动脱离了本能的惯性。行动重塑了自我，理性通过行动使人从惯性的命运里夺回了人的形象。

康德关于人的灵魂的无限性、灵魂不灭的设想只是强化了道德的力量。而我更相信人的有限性、灵魂必然熄灭的命运。这并不是什么坏事，它对人类构成更高的挑战，只要人类保持不断挑战的勇气，像西西弗斯推着石头上山一样，这种失败就闪烁着非常耀眼的英雄主义光辉，它让人类显得更加有尊严、更加高贵。

我相信：一颗好种子无论被丢在哪里，无论身处什么样的环境，都能够自己吸收养分，在不知不觉中成长，永不停止。

确定你从事的工作本身的意义。如果你写作，你必须追问你写作的最终目的，这目的必须与人类永恒性的意义结合起来，在高于日常的维度上从事写作，才能够无论得失都保持内心的稳定性，才能在不被认同的时候继续做下去；这才能够解决情绪低落的问题。年轻时因为力量的薄弱，自信心不足，容易情绪低落。有期待，就着急。如果不期待、不着急的话，那我们就能在时间里慢慢完成自我，能够对此刻的工作和生活保持一种积极的态度。所谓智慧，就是在正确的方向上加上时间的维度，要相信此时所从事的工作会延续、在朝向未来。足够信任这手头的工作，情绪低落的发生次数可能就会减少，甚至不会出现。

还是必须承认，感情被稀释之后，我们对深沉的感情就缺乏体验和理解。随着生活方式的改变，感情的表现形式也产生了变化。诗歌中对这种情况的表现是很清晰的，浪漫主义时期，诗歌说"真正的爱是疯狂的"，到了现代，诗歌说"我爱得不多，但爱得坚强"，到了当代，诗歌在问"我为什么要爱？爱得这么多"，爱得越多就越不强烈，感情是在这个过程中被稀释了。原始人的生活方式和我们不一样，他们爱的方式跟我们现在的方式，或者跟那种被封闭在一个狭小空间的爱的方式肯定是不一样的，所以，有什么样的生存环境就有什么样的爱的方式，说到底，爱的方式并不是最重要的。重要的是怎么成为一个丰盈的人。这才是人活着的目的，爱只是他成为一个人的道路。当然爱是不可或缺的，要学会爱，从它这里出发，丰盈的人生就是从爱这里出发的。

人的一生会经历各种状态和情绪。一个不断成长的生命，无论在怎样的境况中，从青年到晚年，能够经历以下四个阶段，也算是有了觉悟，并能有所作为：胸怀大志，自强不息；随势附形，各安其是（命）；放下成见，方见其实；过去我所要的，现在已不再需要。

生命不都是像小草、树木一样吗？生发了又熄灭，一切都是那么自然。我们醒来了，那我们就按醒来的意识去过我们的人生，实施我们的意志，追寻自己的方向。但生命最后肯定要熄灭，也许无声无息，也许有了一些趣味，或者体验了一些生之美妙而走得从容。但还有其他的生命，在麻痹中，听任命运的摆布。我想，这两者都是生命的不同形式，而更多的是后者，那样的生命从未醒来。

葆有一个丰盈的精神世界

此时，我们感觉和体验着外在的事物，我们把握和吸收着它们的信息，它们来自阳光、草地、树林、人群，到夜晚的时候，这些东西都被黑暗遮蔽了，我们的精神才集中到内部的世界里去，所以说猫头鹰总是在夜晚出现。智慧、灵感都更喜欢夜晚，如果是白天，它们就会躲在一个幽暗或相对比较封闭的空间里。

不要有过多的畏惧。庸常的日子使生命的本质——勇敢、坚毅和深刻，或者被遗忘，或者被遮蔽，使生命只剩下一个空壳。是因为有了各种遭遇——那欢乐和痛苦的经历，而使我们能够体验更加丰富的生命，并由此让生命变得更加宽阔、更加丰盈，而不是处于匮乏和单调的状况。

请相信你的感觉、经验和思想，呼吸它们，让它们浸润你的皮肤和心灵，让它们化成文字，这文字所建构的世界会给你力量并庇护你。

人的精神世界越来越复杂、越来越强大，而身体越来越羸弱，这是现代的生存方式导致的。在古希腊时期，人们强调肉体和精神的结合，那个时期，人类更看重的是征服自然，是对外部世界的探索、命名。到了现代，随着理性和科学的发展，人类开始转而开拓内在世界，命名精神世界。从外往内转变，这就是生存方式的转变。而生存方式决定了我们的文明方式，生存方式和文明方式两者是互动关系。

冷兵器时代结束，生产技术发展，使人可以获得不同的社会分工，于是体力不行、脑力行的人也依然能够获得庇护，他不需要亲自参与到战争之中。这种分工使头脑的生活和肉体的生活逐渐分离。任何一种生活，都会成为习惯，越是习惯于分离的生活，肉身和精神背道而驰的后果就越发严重。

我现在很喜欢白天良好的精神状态；不管有没有做事情，我就用精神清爽的状态来生活，来感悟人生，这非常令人愉快。是的，这种状态，相当于一颗种子的生命力，它会更加旺盛，它吸收的能力会更强大。

一个丰富的生命，必然经历过各种各样的状态，这些状态在不同年龄阶层会有不同的呈现，这跟生命力、生命的自主选择有关系。年轻时总是会激烈一点，因为此时生命力处于活跃的状态，它还在追寻着某些东西，它还在胸怀大志；到了一定年龄之后，它会停止生长，它不再苛求什么，这时候，生命的状态就会变得从容，对它产生冲击的事情就会减少或者消失，它就不会过度地匆忙，或轻易动摇。

顺其自然，心生慈悲时，便能获得安详。安详就是去除了凡心的惊诧、悲喜，宁静而自由地活着。安详的状态里有强大的定力和生命的喜悦，那是宁静和自由的生命状态的反应。"完整性写作"在抵达"境界美学"的维度，就包含着这种喜悦的状态。如果说佛家的慈悲心是源于菩萨的力量，那"完整性写作"的喜悦之心则是源于对自身有限性的确认，在具有有限性的生命状态里承认担当对照亮生命的意义，这是基于有限性生命对世界的黑暗的超越和担当。这种源于行动和认知的喜悦不是基于道行或者放下，而是基于对自身的有限性的本质性认识，这种认识能够使生命获得安详、从容的状态。没有经由对复杂性和对人的有限性的认识的话，所谓觉悟都是空洞无物。必须建立在现代性的对人的有限性的认识上，那种喜悦才获得丰富的内涵，才能体会"担当即照亮"的本质内涵。我们无法逃避，我们必须面对一切生命中的柔弱和压迫，能够看到有限性生命在担当命运这个过程中焕发出来的光芒。

喜悦的获得必须基于个体具有的超凡脱俗的能力和对外部世界敏锐而深刻的洞见，不能有任何一面的缺失，若有任何一面的缺失，个体世界就会陷入匮乏和乏力。这种敏锐而深刻的体验，源于个体品性天赋中所具有的超凡脱俗的因子，他能听到更高远的声音，并被它召唤；也能在众多的声音中辨别高远的所在，追寻和领悟它，在生命中确认它的存在。相反的情形是许多心灵在后天的环境中被剔除了超凡脱俗的因子，而陷入了愚昧和迟钝的黑暗中。

灵魂需要成长、追求完美，必须具有勇气和深刻的感受力、体验力，才能在磨难中逐渐走向丰盈。有一些灵魂只有欲望，被利益和欲望塑造，这样的灵魂没什么价值，忠实于它也只能是平庸的执拗，并且在灾难岁月中制造平庸之恶。必须时刻保持灵魂的创造力，保持灵魂敏锐的感受力和体验力，让它的痛和欢乐带领你走向深刻。

丰富的知识、对于尊严的寻求跟深刻的感受力、体验力结合，才能把灵魂引向一个宽阔的世界。灵魂必须在那宽阔的世界里呈现，才是灵魂的舞蹈。我相信有非常多的灵魂都在欲望里挣扎，都在得失和计较里面。不要把你此时的灵魂或者你此时的感受看得太重要，因为你不知道你是谁。你是谁？必须在参照物里，在人类的历史和文明的期许里，你才知道你是谁，才知道忠实于你的灵魂有没有价值。

打开生命的内在空间

人生最高的完成，不是立功、立言、立德，除了立德，其他的都是外在的东西，它们只是生命自我完善的道路。只有生命自身的丰盈，才是生命的真正目的。但是，这个目的性的完成的确又必须借助外部的实践。我们必须借助写作、行动来凝固我们的思想，呈现我们的意志，铺就通向我们生命目的的道路，让生命呈现出一个坚实的、可以触摸的外在形象。立功、立言、立德最重要的是其所起到的凝聚的作用，因为没有行动和方向的凝聚，思想和意志就会无所依傍，并且会在凡俗的日常中被消磨掉。

只要你在从事创造性的工作，你就会在工作中越来越开阔，你的思考和真诚会带领你进入开阔的境地，创造出越来越重要的作品。你必须信任自己，对未来怀着希冀。我对未来没有失望过，因为我有想象。虽从未做到，但是想象照亮了我的道路。也许我永远不会到达，但是我此时此刻是怀着希望和喜悦的，因为我已经有了觉悟，相信了时间的力量。

不过，一切都是观念。观念、思想的形成跟外部世界密切相关，阅读、生活、经历、经验等等都对一个人的观念、思想的塑造起着至关重要的作用。思想、观念决定生命意识。有高远的精神来源，生命意识就会强大，强大的生命意识就能洞察一切问题。所有的焦虑、抱怨、依赖心理都是因为对生命的本质看不透和对外部认知的缺乏，无法穿越自身的无知、迷障所导致的。

如果没有踏入幽暗之地，没有需要去克服的软弱，没有去战胜现实的智慧，我们的生命也就活在一个单维度上、一个平面上，我们的生命也不会因此——因活着、因时间流经我们的身体——而变得更加丰富，我们的生命也不会因此而变得厚重。苦难、挫折、不自由，都是对我们生命的锻炼。

充满矛盾性的人是可信的，只有具有矛盾性的人才能够打开生命的内在空间。具有一致性的人都是单一的，现在有很多简单化、物质化的人，要对抗这种简单和简陋只有经过矛盾的抉择才能做到。具有矛盾性的人一方面知道自己的欲望，知道人性的黑暗、弱点，知道必须去经历它，才能在精神上具有眺望的能力，另一方面知道高远的生命维度的存在，才有能力抵达愿望。有这样的经验和经历的人才会成长为一个丰富的生命。既知道向下的路，也知道向上的路，就能对这世界保持一份亲切的理解和同情，无论这世界是什么样子，怎么对他，他都能够保存爱、理解和希望。他知道这就是他活着的世界，这就是与他具有内在联系的世界，他无法逃离，只能怀着爱去忍耐和反抗，在不切定中坚定地活着。

忠于自己内心还是不够的，也许我们的内心是浅薄的。必须有强大的处理当代经验的能力，必须有能力把精神引向更高远的地方。这不仅仅是忠实于内心所能达到的，还必须有深邃的智力和超越历史、现实迷障的思想，还要有具有人类意义的价值立场和富有穿透力的语言。这些都在建构世界的抒情过程中起决定性作用。

人必须在十几到二十几岁这十年间打开自己的生命空间，要不断拓宽视野、增加知识，特别是增加深刻的知识的储备量，要有更大的抱负，要对个人的事业有所想象。这个空间在未来会是一个召唤，会慢慢得到充实，其轮廓会慢慢变得清晰。它像人生的风向标，会让你往后的道路不出现太大的偏差。我知道有些人的内在世界的边界非常坚硬，新的思想和认知很难进入，无法吸收新的知识、固执己见，甚至新东西对他来说是乏味的。成年后，他想做一番事业，但因为青年时期形成的生命空间过于狭窄而无法吸纳。而有宽阔空间的人，任何新鲜的东西都会被他吸纳进去，他早就准备好了一个消化万物的胃。所以在年轻时就必须建构这个空间，空间越大，边界越柔软，就越能够随时填充和吸收养分，不断成长。

在庸常中获得诗意

不要把自己扮演成一个天才，人生是一个不断成长、不断吸收，让自己的内在世界变得丰盈的过程。诗歌语言的能力也是在不断的磨炼中提升，必须经历一个磨砺的过程才能够达到一定的高度，才华、敏感度、见地和呈现的能力不可能从石头里蹦出来。

日常容易滋生平庸的思想，让很多事情陷入得过且过之中。必须给自己规定任务，在某些时间里做某些事情。有规划的人才能够让自己行动起来时比较有动力、有次序。如果总是陷入慵懒里，得过且过可能逐渐成为本能，它就会把你侵蚀。是的，野心、欲望也是一种本能，我们的本能应该是双向的，像求生、繁殖，这种本能说到底是激发不断进取的动力，让你去拼命、去创造，这样你才能够赢得活下去的机会。我想我们人类的动力很大部分是来自生存、繁殖的本能。

活的强度决定了诗的强度，这是一种浪漫主义的思想，在写作中肯定还存在着多种的可能性。就像博尔赫斯，也许我们看到的他是一个沉静者的形象，60岁之后，他彻底瞎了眼，待在图书馆里，依然能够写出那么深邃、透彻、坚实的诗歌。他的这种活法，跟那种激烈的活法是不一样的。革命者激烈活着的过程，并不一定能产生诗歌，他们的行为应该说有足够的强度，无论是精神、理想，还是身体、行动，他们都处在一种高强度的理想和死亡的边缘，但这种生活并不能产生诗歌，他们可能是诗歌书写的对象。

有时候激昂一点，有时候低沉一点，这些反应都是正常的，如果永远处在高昂的状态，那生命的消耗也太大了。有时候需要舒缓一下，内心之中已经种下了种子，就不会消失。在懒散之后，或者停顿之后，它又会重新召唤你，让你投入新的热情。不需要带着太强的目的性，享受当下的状态，它召唤你去写作，你就去写作；如果你感到倦怠，就歇下来，喝喝茶、看看书，过一种日常的生活。在重重复复之间，生命不知不觉就会越积越厚。我们时常感觉到情绪的起伏，这是正常人面对生活的一种正常反应。情绪起伏是一种正常的状态、持久的状态。

另外一种情形的释放也是一种节制，当内在世界感受到有一股强大的压力时，让它慢慢释放，这丝丝透露出来的气息，依然会有巨大的力量。在缓慢的流动中，文字会更加清晰、透彻，这种气息可能更加珍贵，也更加稀少。

节制更是一种美德，是写作伦理上的美德。它让力量能够保存着，而且处于一种纯粹的状态。当它找到语言出口的时候，它所呈现出来的就不是简陋的、随意的语言，而是有力量的语言，每一个词能够把内在的东西携带出来，而不是一种表象的宣泄。所以如果要往更深的方向探索的话，写作必然要节制，它完全不可能是一种漫无目的的宣泄，只有节制，才能够保持力量，往隧道深处、往一个方向挖掘。

"现在"就是刻骨铭心的经历，一切经历最后都会汇集到生命里面去，任何一次经历都不是一个高高的纪念碑，而是它所带来的心灵震撼让我们产生了记忆，它可能成为生命里的坐标，最终融入了生命道路，并和众多的经历铺开了生命的道路。任何一次经历都不是我们跨越不了的高山，而是在我们人生道路上所遇到的起伏，它的出现使我们的道路得以延伸。无论是痛苦的抑或是喜悦的，都可以照亮我们。但它也不是我们走不出来的温柔乡，所有刻骨铭心的就在当下。

从个人的心理结构来讲，是没有超我这一部分的，只是因为他者的观察，才从一个超凡脱俗的人身上看到了一个区别于普通人自我的心理现象，并将之命名为"超我"。超我只有一个发展较为完美的、超拔的自我，对于那个拥有超我心理的人而言，那只是一个完成的自我。在他身上，他已经把本我和超我结合在一起，成为一

信心必须建
立在无所索取的
行为中。

个新的自我，是本我的自然发展。有些家长过度把自己的意志强加给小孩，而压制了他的本我的发展，要么会导致小孩激烈的反抗，要么会导致小孩失去对自己的选择的担当，最后导致了本我和自我的分裂，也导致了人格的分裂，导致了人生的痛苦和压抑的产生。

美德必须建立在认知的丰富和情感的丰盈之上，而不是两者的匮乏。行知的美德就是圣者，在艰难的环境中行知的美德就是神圣者。推动行美德之道的是人的意志。

我的写作只是在努力恢复一种常识以及拓宽在日常生活中缺乏的、应得到重视的文化，我称之为"文化想象"。总而言之，就是对人的尊严和更宽阔地活着的寻求。

信心必须建立在无所索取的行为中。

不断腾空自己的内心世界

何为真？真只是来自自己的判断力，不存在于变化的时间里。今天的绿叶和明天的黄叶，哪个是真？要相信自己的判断，不要用明天来否认今天。

知是愿之始，愿是行之心，行是命之本。

求道者没有目的地，只带着自己的心，在茫茫的大地上跋涉。听从心的召唤，顺着心的方向，一步一步地在艰难困苦中跋涉，在无人的地方跋涉。他将无法被证明他选择的正确性，因为没有他者的存在，只有时间能够证明，而世界漫漫无期。求道就是孤独的旅行。这种孤独感甚至在跋涉的过程中都必须被消除，求道者怀着的必然是喜悦而不是孤独感，他怀着喜悦独自在走着。

把自己腾空，像一张白纸。世上爱恨过于强烈的人都在煎熬，情绪会蒙蔽眼睛，会让心变得浑浊。心怀一切也放下一切，介于怀抱和放下两者之间的空白地带，这是非常有力量的，必须在空白处才能清澈地把握生命。

深情投入又能抽身出来；拥有超越一切障碍的力量。当下的这种力量首先是一种善知识，对人类社会当下林林总总的问题及其解决方案抱以深切同情，再加上个人坚定的意志，这些能力融为一体，造就了一个生命，这个生命在人间，就是一个超凡脱俗的人。

这种状态非常好，一个人活到几十岁了，一切事物在他这里还仿佛是孩提时遇见一样，充满着好奇，不断地追问，依然有许许多多的问题。这些问题不是别人告诉他的，而是他自己体验到、在他那里被重新发现，并再次向自己所遇见的事物发问。这样的生命状态，是惊喜，也是喜悦。

对交友、宴会的热情，我可能会保持到老。虽然我热衷于抽象的思维，但对于现实，那种流动着欢快的血液的生活热情也时常在我内心激荡。在这些交流的细节中，在这种物质性的生活里，我能够感受到生命的力量和欢心，当然，有时也体验到肤浅。

必须去实践我们的内心。对于现实，有时必须智慧地去处理。智慧地处理时代中各种关系，但不是妥协。如果有可能，就进行革命性的改造；如果时机还没成熟，就保守地处理。但是，我们内心中那激活的部分，那鲜活的精神和思想绝对不能被外在的条条框框所限制、所扼杀。我们怀着敬畏之心，但保持着反抗的力量，让生命不被世俗卷走。

现实庸俗、邪恶又强大，它以一种伪善的姿态诱惑你，并最终让你失去了自己。与现实相处时，不必对它过于真诚，必须保持着一种反抗的斗争姿态和智慧，对它保持着警惕，与它周旋，用这样的形式来保存我们的内心和活力。对于现实，怀着过于单纯和良好的愿望只能最终把自己毁掉。

大海能够容纳一切从江河里带来的污垢，并且最终把它净化，如果仅仅是一个清澈的小塘，那它容纳和净化的力量肯定无法跟大海比拟。成为大海，就是要去经历一切，接受命运，按自己的内心生活，智慧地与现实周旋，让生命在这个过程中变得越来越丰盈、越来越有力量。丰盈的生命都有一个消化一切的胃，光明和黑暗的事物都会成为成长的养分。

内心纯粹的程度，是判断一个人生命境界高低的标准。一个利用权谋获得高位的人，他最终将被权力、权谋所异化。只有无论在怎么样的生活中，都能够保持内在世界的纯粹的人，才能够让自己的职业生涯变成一个求道的过程，这就是高人、圣哲的道路。

古代说圣人立德、立功、立言，立德最重要，立德是圣贤的道路。关于圣贤还有不着文字一说，但是现代不一样，维特根斯坦说语言的边界就是世界的边界。世界的本质是语言，我们所看到的世界，事实上就是语言给我们呈现出来的。在现代，语言可能就是我们修炼的道场，我们不仅仅处身于生活之中，更是处身于语言之中。本质生活和语言应该是对应的，是融为一体的，但事实上，由于想象力的作用，语言比现实有更宽广的空间。我们对于世界的认识跟过去不一样了，现代跟古代对世界的本质的认知也就不一样了。我们所认识的世界是指我们能感受到的部分，而不是全部，我们知道客观世界的不可知性，我们感知的只是局部，并不是世界的真实全部。所以说，世界就是我的意志和意识所能把握的这一部分。重视语言，就是借助语言去呈现和建构我们能够感知到的、能够想象到的世界。如果像古代把立德放在第一位的话，那么在现代，语言的创造就是最高的德。现在可以这么理解，现代最高的德是语言和实践所创造的世界——诗意的世界。这世界是什么模样？不同的人所带来的肯定不同，因为这跟我们的意识，跟我们的观念有关系。诗歌就是我们认识世界、追寻世界的方向。世界呈现出的东西会在时代里不断变化。道在哪里？道变则诗歌变。

　　有些生命，无论在做什么、经历什么，无论是痛苦还是欢愉，无论是劳作，还是休闲，都会不断地吸收养分、不断成长；生命的每一时刻，就像身体的细胞一样，都在不停吸收、生长、更新。那生命常常感受到自己在不断膨胀，它真诚地在体验着种种的可能并不断更新自己。年轻时，过三个月、半年、一年，总是能够忽然就意识到自己又上了一个台阶。这么多年来，总是能够在庸常的日子里忽然感觉到自己有了新的认识，有了新的觉悟。这些经历，让我确信，有些生命是不一样的，它具有强大的生命力，能够自觉地吸收、消化日常生活带来的经验。

　　无论外部世界怎么变化，具有消化力的生命，总能把经验转换成建构内在世界的养分和材料。那些活着的心灵必然越来越强烈地听到生命内部的声音。他获得了很多经验，也体验到了普通人无法体验的生命可能，所以他能够对现实做出更准确的判断，而不至于听任生命在现实里被篡改、被扭曲。很多生命因为没有内在的声音，而被外部嘈杂的声音所迷惑、所诱惑而丧失了自己。而听到内在声音的人，在其漫长的岁月里，内在声音会变得越来越响亮、越来越清晰，他就能够轻而易举地发现现实的肤浅、扭曲，能够更清晰地判断现实。

　　如果有一天，我背叛了自己的理想价值，那我肯定会受到惩罚，会在痛苦中煎熬。虽然我也知道人生常常就处于耻辱之中，这可能就是生命的现实常态。人性是不能被考验的，但人性总是处于考验之中。

不要设定命运的边界

往你意识到的方向走。但是要注意一个问题，不要把幻觉当成真理，或者当成一条拯救的道路。人类无论在思想、艺术上都是求新的，而不是往后转的。往后转不是不行，但肯定不会是开启未来的道路。

命运在自己手里，但最后一切都是归于命运。听从命运的安排，没有对，也没有错，谁能够跟自己的命运对抗？西西弗斯就是承担自己命运的典范。去抱怨命运的人也是愚蠢的。必须在选择的时候就勇敢地面对自己的命运，别等到结果出来了才来埋怨命运。必须从容地面对命运的安排，必须正视它，命运只在自己手中。

命运是拿来承担和超越的，不是拿来抱怨的，所有抱怨都是一个找错对象的行为。命运就是自我承担。面对命运，必须富有勇气、富有尊严地去承担，也只有这样，生命在这个过程中才能成长，才能显示出生命的尊严。任何逃避、抱怨，那都是懦夫的行为。

过早为自己设定边界的人，容易成为一个狭隘的人。有些人早早地把现实目标定好了，看起来很早熟，但事实上很平庸。圈定了边界，在边界里面待着，就是一种自我限定。我们的眼光在不断超越现实的迷障，生命要不断汲取养分。生命在不断强大的过程中，目光会越来越投向远方。只有具有广阔视野的生命的自我塑造，才能越来越跟那些更高远的事物结合在一起。最形象的象征就是上善若水，它可以随势赋形，可以凝聚一切力量，千变万化，随时能够打开新的空间、形成新的可能。外在边界有一部分是自然环境所决定的，过了边界也许就无法生存了，比如说你不能靠游泳横渡太平洋，这是一个无法逾越的边界。但有些外部环境的边界是被人为所设定的，必须不断地受到挑战。

保持童心就是不要过早规定个人的边界，而是听任自己的天性的发展，在自然成长的过程中更全面地接通天地与历史，让天性得到张扬，得到自我养育，并且形成一个独特的个人世界。

一个人应该是物质和精神同时发展，物质是探索世界的工具，精神是探索世界的结果。物质给我们提供认识社会、认识世界的工具，通过这些工具，我们能够更细致地去探索、剖析我们置身其中的社会和世界，也能够更立体、更丰富地去了解我们的精神以及我们的精神可能性；而精神就在这个探索过程中不断丰富和深刻起来。

个体生命的宏大历史背景

也许等到晚年，我们又需要在某一个边界处停下来。米兰·昆德拉的《生命中不能承受之轻》的女主角萨宾娜，一生不断努力成长，不断追求自由，但等到晚年的时候，她还是觉得世俗生活才能给她安慰，她又陷入了媚俗之中。没有确定的边界，不断地去追寻理想的生活，可能会出现一种"眩晕"的感觉。"眩晕"是一种无所依傍、不安全、不确定的生命状态。但一旦在确定的边界里，就进入了媚俗。不过在边界里生活，可能能够让人身心放松，把自己放下，并交付给周围的人、环境和时间。

当一个人明确自己在人类的历史中要去追寻的方向，并为此付出努力时，就是知天命了。只有在既能反抗，又具有新的创造力的时候，知天命的生命阶段才会开启，才有能力去承担这种命运。个人平等自由，以及丰富、深邃的精神资源、文化资源，就是人成长的最好土壤，是对人最好的养育。只有丰盈的生命才真正知道自由在哪里。一个匮乏的、扭曲的心灵，永远无法体验自由，因为从一开始它就已经失去自由，这样的人是被匮乏和剥夺塑造出来的，他永远活在不自由的牢笼里。

生命原始的目的就是繁殖、延续，在关于生命价值、生命可能的认知开启之后，追求生命的丰盈、美好就成了生命目的。生命目的从繁殖转到追求生命的丰盈，是人类一个重大的进步，或者说重大调整。只有当有一个更深远的目的地时，人才能够脱离当下的琐碎事务的羁绊，就像东荡子说的，"过去我所爱的，现在已不再需要"，人只有达到了一个新的境界之后，对过去在意的东西才能够轻描淡写地有效处理。

不要去问个体所做事情的意义，而是要知道一个深远而宏大的背景在你的个体生命里面的存在，那个宏大的历史意义进入了你的生命个体里面，你的个体就具有巨大的包容力。个体生命里包含有宏大的历史背景，就不会在日常里患得患失。

保持自由的个体生命状态

纯粹就是忠实于自己的内心。隐藏个人的观点也不等于欺骗。智慧是一种生存的本领，它是基于外部的生存环境的恶劣而产生出来的一种生存机制，是自我保护。更重要的是，有能力保持、坚守追求生命完善的动力和行为，才是真正的纯粹。忍耐、透气，保持生命的持续力，最终把障碍解决掉。

耐心是一根稻草，也是一个岛屿，茫茫海上的一个岛屿，它为你赢得喘息和拯救的机会和空间。只要耐心地等待，有一天也许会豁然开朗，拯救你的大船会从你的岛屿旁边驶过。

不要害怕恐惧，而是要蔑视它，视它为无物。使我们这样做的，就是去担当我们的命运，做合适、能做的事情，这样的话，命运就会打开一个更广阔的生命空间，让我们从容地去面对导致恐惧产生的那些因素；如果我们能超越恐惧，我们就拥有了一个更加从容的状态去面对未来。

忠于自身也就是专注于自我的建构。自我必须吸收充分的养分，生命要得到畅快淋漓的释放，只有这样，个体才有可能丰饶，他的世界才可能独一无二，才可能迷人。

只要不放弃自己，只要不被剥夺（匮乏和不自由都是被剥夺），生命能够自由地生长，就是非常美好的事情。对自我的建设必须提出要求，不然就会随波逐流，掉入悲哀的命运。

我们未必能永远保持某种精神状态和生命状态，一切都在不断变化，包括纯粹的生命状态。每个人都渴望纯粹的生命状态，但，是写作使生命状态保持了一种强大的张力，而不是纯粹。纯粹是目的，是抵达。你想要的是纯粹，但生命在途中是不能、也无法被定义的，只有在终结的时候定义才出现，途中充满着变数；而目的是可以设定的，你只能说你朝着某个方向走。你希望保持纯粹，就是你此时可能过得比较舒坦，或者过去的挣扎消失了，你欣赏这种状态。但我可以很负责任地说，这种状态不会持续太久，很快又会有起伏，因为日常不允许单一的形式。如果有一种所谓"单一"的形式，那就是在变动中保持某种不变的习惯，譬如写作的状态。不要否定写作，也别过度地强调某种日常生活。强调日常生活的意义所在——或者说它就是你的生命意义本身，那会导致对更广阔的生命可能的忽视和遗忘。虽然你在修炼，读圣贤书，总是说生命是最高的，一切目的都归于生命，但是，如果没有热爱去加以凝聚的话，你的生命就是空的，这样的生活不能凝聚起什么价值。陷于日常，那就丧失了一个诗性的维度。你希望在日常保持那个纯粹的世界，但事实上这是不存在的，因为现实已被庸俗和得过且过所包裹。在现实里自然而然地生活而没有批判和反抗，这种生命是不可靠的。

我们抛出一个问题，就像一个孩子看着自己向池塘扔下一块石头，水面上荡起了一圈圈涟漪。一个问题引发另一个问题，扩延到远处。

不要相信自然而然。世上最重要的是自由的思想和行动，自由是通向丰盈的最重要的途径。自由就是与匮乏和扭曲的现实的斗争，警惕并去除它们。伟大的创造就是在去除平庸、庸俗对生命的侵蚀。这一过程常常表现为对现实的批判。必须面对现实，必须更真诚而有力量地面对现实。对那些选择自然而然的生命状态的人生策略，都必须警惕，否则必然被现实洗劫和阉割。自然而然的生命状态必然会导致庸俗。

对自身的生命和置身其中的社会、历史保持批判并努力开拓新的精神空间这个念头不能消失，一消失了，生命力可能也会随之减弱。批判力和生命力之间的确有内在的联系，生命必须有多个维度、多个空间，生命的活力才会丰沛。如果空间开拓的意识消失了，生命就会呈现贫乏状态。只要生命跟现实利益融在一起，贫乏和庸俗就会出现，活力就会减弱，甚至消失。文化的想象力、生命的活力在于开创生命的另外一个维度的精神资源和生命动力。它们的存在让生命有了新的可能性，也为我们的文化开拓新的空间保留了动力和新的期待。当然，本质的、不可忽视的创造——诗意的创造——不可能很多，有时候要一两个世纪，有时候要几个世纪才会出现。新的创造、新的文化的产生，应该是感性和理性的结合体，是那种能够冲破规则的人才可以触摸到的，通过逻辑的思考或者艺术的创造，把新的世界呈现出来，这一部分的思想家和艺术家是处于创造的顶尖的。

自由的生命必须建立在个体生命丰饶的基础上。生命的匮乏和扭曲，就是不自由的结果，没有自由必然导致生命匮乏和扭曲。匮乏的生命本身就是被规限、被扭曲的，生命的自主性没有出现，没有获得自由的舒展。个体没有丰富的内在世界，生命、社会就听任欲望和匮乏的驱使，在贪婪、谎言、暴力中无尽地煎熬。

肉欲、低俗、物质化是我认识世界的通道，我确切地在自己的低俗里看到了人性的弱点，并且从这里去寻找新的出路，也就是说我是从自身缺憾出发去寻找出路，而不是从外部去寻找出路。

因为人类有自由的意志——虽然我们没有证据证明我们的寻求就是正确的——我们能够听到高远的声音，并且努力朝这声音的方向走去。这就是人类的尊严所在。不要用更高维度的生存来否定我们作为具有有限性的人的寻求，我们也绝不是盲目地——像动物一样——在本能里面活着的；我们是依靠意志和一种不断打开的认知在活着。

大隐隐于市，大闭关就闭于日常生活里。只要你在生活中独立自好，不为外部的得失所动，阅读、思考、写作就是一种闭关修炼。在这里面，有脆弱，也直面了种种的问题——生活的问题、生命的问题、写作的问题，就像一个和尚在石窟里闭关，他可能要忍受饥饿、毒蛇、孤寂，当然也要面对佛学的问题。只要选择了、付出了，也就不用后悔，这已经是你的命运。所有的艰苦和忍耐都是十年、二十年后觉悟所必须经历的过程。所有的经历都没有浪费。很多人看似早熟，一早认清了目标，实际上也许他就被那个目标限制住了。而只要你能保持向善状态，任何时候觉悟都是恰逢其时。

在文学中触摸到生命的律动，找到生命的使命，并由此获得生命感知的提升，这很难得。不同的生命有不同的体验，高峰体验就是体验到强烈的皈依感和喜悦感。在漂泊感中扎根，这是有觉悟的人在现代所能体验到的相当高的生命境界。能够漂泊的灵魂就应该去漂泊，漂泊感越强烈，对于确认就会越强烈。强烈的漂泊意识能够打破生命固有的秩序，开辟一片新天地。此时生命肯定有一种强烈的冲动，这是内在的、本能的生命需求。寻找可以确认的世界就是求道的过程。现代生命并不满足于简单的皈依，必须不断地追问：为什么是它而不是其他？而这需要丰富、深邃的精神来充盈内在世界，只有足够的知识和追问的能力，才能给生命一个满意的答案。

走向宽阔之境

死亡是一种成熟、一种上升，死亡甚至可能是一种质变的过程。但必须在死对生构成一种观照关系的时候，死亡的意义才产生。人活着的时候，如果处于迷迷糊糊的生命状态，一种被异化、被物质化的生命状态，那么死亡就既不是结果，也不是提升，而是结束。死亡对麻痹和苟且的人来讲，就是埋葬他的那个坑。面对死亡，应该从两个维度思考，一是死亡作为某种形式的终结存在，这个终结跟生命的质量有关，对平庸和邪恶的人而言，死亡并没有形成高度，死亡就是终结；另一是死亡作为高度的存在，能够观照一个人活着的时光，死亡不是堆积物，也不是汇集点，它可以说是和活着的时候平行的，虽然不在同一个时空，但它是平行存在着的，它构成对生的观照。只有如此，死亡的意义才产生。如果说死亡是生命的终结点的话，面对日常生活的种种问题，你应该这样追问：在你死的那一刻，你在意这件事情吗？如果你到那时并不在意，那么现在就可以不在意。所以，面对死亡，生的过程中的那些得失就变得不再重要了。不再重要，并不意味不去追寻，但是，该放下的时候就要学会放下。我们已经具有关于生命的丰富知识和经验，面对死亡，我们能够从不同方向、不同角度和维度去思考，去言说。思考使人存在，重要的是让你的日常会因为敢于面对死亡而变得从容，不再纠缠于日常的细枝末节、得得失失，你的整个精神和情感也会从世俗的平庸里面抽身出来，你会成为一个有命运感、时空感的人。

庸俗、乏味都是匮乏，这些东西天天重复着，我们生活之中已经太多，不需要再增加了。所有的乏味都是庸俗，而且会埋下恶的祸根。虽然在平常罪恶并不一定出现，但只要环境一旦变得恶劣，恶就必然会从庸俗和匮乏里萌生出来，因为美好的可能性必然建立在宽阔、丰盈的基础上，只有宽阔和丰盈才能够容纳一切，才能生长；而在窘迫的环境中，宽阔、丰盈也能够自我养护而不至于腐败。

为未来设定一个方向，要有个目标，但不是目的。在这个过程中，注重日常的细节、当下手头的事情，专注于它，未来就会朝着那个大的方向走去，而且肯定是越来越宽阔，会获得你意想不到的馈赠。在这个过程中，愉悦和欢欣将为你所拥有，赋予每一个行动的日子以活力和希望。所有陷入到日常的、琐碎的事情之中的都是永远的纠结，永远把自己限制在一个狭窄的空间里，只有痛苦、焦虑。从漫长的时间和必然要到来的结果来看，每天的痛苦和焦虑都是自己抢来的。无论什么环境下，都可以有一颗平常心，以宽阔的内心去面对变化。人的可能和结局存在于选择的途中，不以意志和暂时的渴求为转移，对日常短暂性的事物不需要太放在心里，困难和挫折都会在时间里被消化掉。就像每天进入口里的食物，比如一块肉，它有营养，也含有嘌呤甚至有毒的物质，如果总是去关注这块进到体内的肉所带来的嘌呤和有害物质，那你就不用吃肉了，而且你吃也不会吃得快乐。但是肉、菜都是支撑我们身体的营养来源，虽然也有不好的作用，但我们的胃和肝能够、也有能力去消化它们。关键是你要足够强大、足够健康；只有那些已经丧失了消化功能的人，才没办法消化、分解、吸收这些东西。困难和挫折会影响情绪，但不要陷进去，不要影响你对未来方向的把握和信任。情绪的波动是绝对会有的，除非是圣人，或者生命已经宽阔到对小东西能无视了，就像大海，你扔进其中的石头对它是没有影响的。

让你的生命凝固下来的事情

生命的最终目的是达到丰盈、觉悟，所以，不能让它太过于沉重，沉重是因为过于执着，过于执着就会一直停留在痛苦里。日常生命负担、承受不起太多的内容和压力。当然，生命也没那么轻，过轻了就陷入了平庸。我们时代的功利文化，会导致一种人性格局的小。一切行为都是度的把握，合适就应该、也能够给个体带来喜悦，带来成长的力量。一切行为选择，可能在哲学上既是克尔凯郭尔所说的"纵身一跃"，也是福柯所说的"冒险"，行为背后的结果我们往往不知道。

什么事情都可以去做，但有一件事情不能遗忘，就是那一件能够带领你、让你的生命凝固下来的事情。这件事情必须不断地去做，不然的话，你就会慢慢消散在无所事事的时间里。一件有意义的事情，只要持续一辈子，它就能够凝固你作为人的形象，能凝固你的思想、情感和意志。也正是这件事使你能够区别于他人。

不要过早地让意义从不同的行为里被剔除，我的意思是不要过早否定行动的意义。等你老的时候，你可以这么说：回顾往事时，会常常发现许多事情的无意义。年轻时，对热爱的事物的意义要有所赋予，不然的话就失去了做事情的动力——做这件事也行，做那件事也行，最终会一事无成。不同年龄有不同选择，不要年纪轻轻还没干什么事情就把各种意义消解掉，仿佛看透了人世，仿佛已经达到看破红尘的境界。不同年龄要有不同的区分。如果在年轻时就对某些事情的意义和价值采取一种淡然的态度，那就肯定走得不够深远。等你到了德高望重的年龄、到了事业有非常高的造诣的时候，完全可以采取淡然、平等的心态和态度来看待所有的事物。但是，并不是年轻时就可以这样子。当然，在追寻透彻、深远的生活的过程中，也可以加入快乐的东西，也就是说一些次要的事情也要去做。若只做一件"重要"的事情，生活、生命也会太过于无趣——平凡的事情，甚至是荒谬的事情也要去做，这是生命的经历、经验。只有丰富各种层面的行为，才能够丰富人生。增加认识和感知，加深对深远的事物的认识和追寻。年轻时执着，老年时淡然，这可能是一个必然的过程。

生命被虚无感所笼罩，有些疲倦、厌倦，整个生命状态有点郁闷时，郁闷就会削弱肉身的生活和精神理想的追寻的活力，来自心底的疲倦感会侵蚀生命。这是一种消极的、妥协的、自我消磨的生命状态。这种状态有些可悲，因为生命应该、必须是生机勃勃的，富有创造力的，能够不断思考、突破，不断创造的，这才有意义。一旦这些意义被弱化了，也就缺乏了追寻的动力。

卷三

深刻的关系在对话中展开

你是需要被感受到的"那个人"

倾听和对话都需要巨大的力量和处理现实的能力来支撑。对话时需要语境，在同一个语境里，说什么话、用什么词，双方都知道这些词句的指向和内涵。对不在同一个语境里的人，使用一个词时，经常必须随后跟着一大堆说明和定义，每次必须告诉对方，把一个词限制在什么范围，这样谈话是非常困难的。特别是与价值立场和思维维度不一样的人对话，就会出现牛头不对马嘴的对话情形。这世界、这时代纷繁复杂，各种生活方式、各种价值立场在互联网站上处于同个空间，互相纠缠，人们在一起说话的时候常常出现各说各的，表达的意愿、方向都不一样。这种对话就显得没有力量。话语力度在对方听不懂、反应冷漠、倾听能力缺失或意愿相反的期许中被消解掉了。内在世界的狭隘、精神的匮乏、价值观的混乱导致一个人无法倾听，也无法展开想象和对陌生领域的体验，他不在意他没经历过的，他无法想象自己所知道的那么一点东西之外的事情，谬误和匮乏把他限制在一个极其狭小的空间里，他的灵魂无法承载那沉重的人类精神。

一切行为都必须以爱为基础，如果是出于利益或算计，那么行动就会失去原本的意义，甚至走向它的反面。所有的行为应该是对人生的丰富，而不是剥夺，任何私欲和算计对于生命来讲都是匮乏和削弱。虽然成功学并不这样认为，但是生命知道爱的方向，知道爱会让生命变得更加丰盈。

在爱人之间，爱是道路，并不是目的。爱是一条漫长的道路，曲折、充满变化。它只是在引领我们、成就我们，使我们的生命由此获得滋养和得到成长的指引。也就是说，爱不是为了拥有对方，而是旨在拥有一种美好的关系；美好的关系才是最重要的，它使爱成为了道路，而不是死胡同。

感觉到"你在"是重要的，你被感受到是重要的。只要"你在"并被感受到，爱就展现了它的本质。这是比较准确的关于爱的问题的回答，其他情绪或情感，关于爱的其他表现，那些各式各样的感情形态——痛苦、嫉妒、欢乐……都是爱的某一种临时状态的反应。"你在"，你被感受到、感知到，这才是最牢固的爱。

你的木讷也难以掩盖你生命的精彩，在平凡无奇的表面底下，他者知道你内在的丰富性，那压制不住的思想和蓬勃的生命力正敲击着板结的土地，一个声音从石头中迸发出来：放我出去！放我出去！

快乐的事情就是对方知道在那沉默的外表底下埋藏着巨大的能量，并且通过对方把那些潜能激发出来，目睹它如何绚烂地绽放。我愿意跟你面对面，伴着一杯清茶、一根烟甚至一杯酒，慢慢地聊，因为这些都是精神的、思想的活动。我们之间的聊天，能够在对方的言辞中，把话题不断引向深入、导向深邃、带向宽阔，这种超越平庸的生命感仿佛就是一种馈赠，这种愉悦，是其他交往无法带来的。

认知和本质之间，存在着一条误读的鸿沟。问题是你必须是"那个人"。如果你是"那个人"，然后，你希望别人将你作为"那个人"去理解你、欣赏你，他就不会错位；如果你不是"那个人"，却希望别人将你作为"那个人"去了解和欣赏，那么伪装就很容易被人家一下子撕破了。

倾听、参照和召唤

深刻的对话方式很难断裂，它能把话题和思想不断推向深入，这种对话方式在现实生活中很少出现，深刻的对话，话题永远是新鲜的。对话使生命和现实之间产生了一种张力，也对我们生命中那些深邃的东西构成了一种召唤。它让我们愿意停留在这里。内心中的很多思考，是在对话的时候被召唤出来的。平时也许并不会与这些问题相遇，听任某种生活惯性，问题也进入了沉睡之中。而在这种对话中，问题就变得很具体、很活跃，它的指向性、它的细节就清晰起来了。

生命中的某一刻是真的，确实是真的；情人们的心血、在过程中所唤起的热情是真的，那一刻就是真的，以后的变化不会影响此时的这个状态的本质。人们沉浸于此刻的状态里，就是沉浸于真实里面。只有幼稚的人、对自己不自信的人、对自己不担责任的人，才会在遭受挫折时怀疑往昔的真实性。我见过很多悔恨的人，他们总是在挫败的时候怀疑彼时的真实性。就像那些经历过山盟海誓、男欢女爱之后分手了就怀疑感情的人，事实上，他们首先怀疑的是自己对现实的感受力和自我的生命意识。既然自己经历过了，自己在里面感到欢乐又担当了责任，又有什么可怀疑的呢？事情发生变化了，产生痛苦了，分手了，也不一定要怀疑过去的那份感情、那些欢乐的日子。

在对话对象那里我可以吸收很多营养。对话对象的存在给我另外一个参照系，让我看到另外一种状态，而且这种状态对我来说就是一种异质的存在。它从容、深刻、绝不随俗。虽然这些都是对话对象身上固有的，可能他自己也看到了，但此刻，我说出来，他就通过我看到了它的存在。

所谓智慧，就是在怀着美好的愿望和正确的方向努力时，蕴藏着对时间维度的想象和信任，相信时间是这世界上最强大的力量，它可以帮我们解决一切问题。当矛盾产生时，你既要面对自身的可能性，又要面对一个无法回避的他者，此时，怀着美好的愿望去对待问题，这很重要。在方法上或者直面问题，或者迂回处理，选择一种合适的方式，怀着良好的愿望，问题的解决就会向着好的方向发展。我并不赞成非此即彼的思维方式，某种单一、固执己见的选择，往往为恶果埋下伏笔。而怀着良好的愿望，个体的生命就会获得滋长，在这个心怀美好的过程中，个体将变得强大、丰富，因为在矛盾的空间里面，心灵会产生巨大的张力，让你深切地体悟生命，也了解外部的世界。

面对友谊，有些人会激烈些，有些人会缓和些。我已经到了缓和的年龄。在这年龄，对时间和友谊的根基有着更强烈的理解和把握。根基若是宽阔扎实的，就不容易被动摇。情感在时间里的变化，或浓烈、或清淡，但无论它怎么变化，友谊的属性不会变，它不会因为时间的流逝或我们的衰老而变质。

书是不会白读的，思考和专注也不会浪费，我们不仅听到对方的声音，还听到了许多古人先贤的声音，我们回应他们。我们听到他们曾经听到的那些声音，我们只是再次把它说出来，让对方听见。我们的存在只是一个相互的证实。在茫茫时空中，互相碰见，互相证明对方所听到和所感受到的事物的确存在着。他们有相同的体验和热爱，他们只是结伴而走，互相搀扶着、互相牵着手。

在交流中，有时候我们能够进入一个纯粹的世界。那个世界无边无际，值得我们不断去探索、挖掘、呈现。通过对话互相启发，让对方看见了那些曾经被遮蔽或者未曾向我们显现的事物，这种发现让我们感到欣喜。这种发现和欣喜，就是相互的馈赠。通过对话，那个世界得以不断积累、建设，不断加深、拓宽。那个世界会让我们获得力量，也获得越来越深沉的精神愉悦。

对话就是一种召唤、一种建设，只要你带着聆听的耳朵，就能够听到对你的思想有所启发和补充的话音；而你抓住这话音，把它放大，去思考它，它就进入你的世界，并转化成你自己的语言；这个过程也就是在丰富生命。在对话中，如果抱着爱意，用心聆听对方，互相敞开心扉，那些隐秘的、曾经被我们忽视和遗忘的事物就会来到我们中间，告诉我们更加美好的可能性。美好召唤和推动着美好，美好的世界在对话中不断扩大。

乐观的人，只记住美好的东西，只记住所记住的，忘记所忘记的。所记住的细节、情形都栩栩如生，它们甚至可以串联起来，形成一个整体，让这个人看到它们之间生机勃勃的关系。这些记忆能够加强对这个世界的信任。

对对方的言语保持一种敞开的倾听热情，怀着喜悦、怀着惊奇去聆听，唯恐遗漏一个细节、失去一个词；对对方的每一句话、每一个词都怀抱着强烈的同情。这是两个心灵相通的人之间所特有的情形。很多人总是想表现自己或者说服别人，而懂得倾听的人则不是这样。后者纵使在表达自己观点的时候，也投射给对方光芒，但不是要笼罩对方，而是要温暖对方。就是这种从充满信任的生命里散发出来的语言，使我们能够满怀热情地去倾听。

任何挫折和困难都是对智慧的考验，对内在世界的丰富性的拓宽。这世界很复杂，有爱，有苦难，有挫折，有光明，有黑暗，我们怎么样去处理这无边无际的人事？这需要我们内在生命的丰富，也需要我们处理这些关系的智慧和能力，我们的生命是在处理这些人事中获得成长机会的。

这种信任的心意是怎么产生的呢？双方的存在构成了相互的召唤，虽然从一方的角度看，是被另一方召唤，被召唤之时，这一方的内在愿望也同时出现，才有了这个欣喜的行动。一方感受到来自另一方的陪伴，这一行为可以理解为相互的召唤，一种来自对方的馈赠。就是说，无论谁陪谁，都是互相的给予，而非索取。对于处于这种关系中的人来说，这个行为的确有一种天然的喜悦，欢喜隐藏在日常行为之中，它是自然而然的，是生命里散发出来的。好事物、好关系，其中都存在着这样的两股力量，它们都互相给予、互相成全、互相赞誉、互相馈赠。只有这样，事物之间的关系才是真正美好的。反过来，不完美的关系，肯定是其中一方总是觉得欠缺，感觉到关系里面有一种不平衡。不平衡就会导致挥之不去的匮乏感，它就会产生各种各样的负面情绪，导致关系没办法以一种美好的状态生长、存在。反过来，某些匮乏的东西、阴暗的东西必然存在于不完美的关系里面。任何一种把自己当成关系的主人、把自己的行为当成一种给予的关系，事实上就是建立在不平衡之上，比如说有强弱、有支配和被支配的关系。这种行为里面肯定就包含着一种需要回馈的东西，或者需要回馈的诉求。"我的诉求"或者说私我的愿望在这种关系中产生了，这可能就会导致这种关系首先是一种不平衡，然后可能就会出现舍取、抱怨，一种负面心理在关系中就产生了。天然的状态是最好的，无论是怎么样的行为，它都会保持着一种喜悦、一种理所当然，而且它主要的状态就是丰盈。

内心保持丰盈、自足，才能够让这种自然而然的状态存在于关系里面。任何匮乏感都会导致良好的关系被打破，出现了不平衡的抵牾。只要你的生命足够强大，内心足够丰盈，你在关系中就具有源源不断的赠予的能量，而不需要撷取，因为你的生命就是自足的。自足的生命只有馈赠而没有撷取。而这样的生命在任何关系里面都是强大的，它不会被打败，就那么自然而然地存在着，像太阳一样源源不断散发出生命的光芒。在人与人之间，要建立一种正面的互动关系，双方的存在都是互相的馈赠。我为你所做的事情就是你对我的赠予，而不是我对你的赠予。在这样的关系中，付出也就没有任何所谓的功劳可言，人们只是在分享喜悦。

对等的、流畅的交流对我的意义非常大，我也欣喜能够置身于这样的交流中。就是在这种交流的过程中，我学会了聆听，也学会了表达，这一过程使我获得了对话的本质：平等、召唤、互相发现。在交流中，我能带着发现感受到喜悦。很多在平时被遗忘、被遮蔽的思想和认知会在交流中被唤醒，并被带到话语的层面，就像在我失眠时，有些沉睡的东西也会突然出现。

最美好的感情关系应该是立体、多元的。这种感情反抗单一而又在自身之内包含着所有理解、宽容、欣赏和互相的提升，有一种喜悦和向善的力量萦绕在这种关系之中。它让人感觉到踏实、亲切、安慰和激励。

所有的爱都激动人心，谁没有爱？谁没有为爱情流过泪，谁没有为爱情心疼过？这些情形都并不陌生，在这个过程中我总是意识到尊严的存在，也就是说再疼，我也必须忍耐。事实上，越是忍耐，越是刻骨铭心，但是，必须要加以超越。人间刻骨铭心的爱情，是道路，是目的，也是超越的基石，而不是束缚我们手脚的软绳。人们自然愿意在里面待到永恒，但是从没有过真正的永恒，因为日常是永恒的敌人，烦琐的日常消磨着爱的激情。年轻时，对爱情充满着渴望和想象，但是，随着年岁增长，就要既能够保持热烈，也能够保持理性和克制，因为我们无法拥有爱情的全部、所有过程，我们能拥有的只是记忆。

高贵精神催动生命的壮大

高贵的友谊，是一个人保持高贵的最好土壤。如果外部过于贫瘠，那就需要强大的意志力和批判力，才能保持自己不被外部环境所吞噬，才能够维持追求高贵、深邃以及创造的动力。高贵灵魂的存在、互相呼应，能够促使对方不断成长；人的关系也会因此而变得深厚，个体也会因此而达到丰盈。在这关系里，有源源不断的成长的动力和养分，人会互相馈赠、互相吸收。如此，人与人之间的成长氛围，就是一个良性的循环系统。这种相互的促动，在其他地方已经难以找到。

一段友谊的价值，需要在时间里被加以考察，很多事情是在时间里才慢慢显现出它的价值，或者发挥它的作用。深刻的友谊不会被时间消磨掉或者消失在日常里，置身于这种关系之中的人，要能够不断成长，并且成为一个重要的存在，才能赋予这种关系以意义。如果像很多人一样停止生长，那么一开始的激动人心可能到最后也会变得平淡无奇，甚至导致一些庸俗的东西的产生。伟大的友谊，滋长伟大的思想、情感、创造，这些是有价值的关系所催生出来的副产品，也是支撑这种关系的基础。能够获得创造的力量，保持高贵性，那这种关系就会不断被推动着。

声音是有物质性的，或者声音本来就是物质性的，听到声音的时候能够想起人，能够勾起很多回忆。那种种经历过的、体验过的，都会在声音中被勾起，被呈现出来。听到熟悉的声音的时候，会感到亲切、愉悦。当你不喜欢一个人的时候，听到他的声音，会厌倦。

我们那么贪婪地感受着被唤起的存在，它是肉欲的，也是精神的，它被证明存在于那里，并且我们对此感到喜悦，想紧紧地抓住，不让它消隐。它是羞涩的，在细细地体味着。有时候无声胜有声，没有声音的时候，是另外一种感觉，全部敞开，充满着欲求。那像一个软体动物的嘴，在拼命地吮吸着各种各样的信息，那时候他可能感受到匮乏和丰富都同时存在，他感受到自身的匮乏和外部世界馈赠的丰富。这种状况导致了来自内在的贪婪和敏锐，在那一瞬间，在那沉默的瞬间，他达到了极致；在那一瞬间，在最专注的时候，也是他跟天地、时间融为一体的时候。这种融为一体的感觉，也可能是幻觉，有点像古代的巫师，在某些时刻，觉得自己通神了，但是这无法证明，也无法证伪，只有经历者自己知道。但在其间，能感觉到所有的触角都伸出来了，并且向四周探索、舞动，像个瞎子般小心翼翼又惊奇地探寻着每个陌生的触碰处，每个细胞都在感受着，怀着喜悦。

包含激情的爱情，在漫长的日常生活中，可能是幻觉。这并不是说它是虚假的，而是说它必然会被淡化，可能会消失。但在某一刻，在你感受到它的时候，它是真实的存在。人类就是被这股力量激发着，学会更多地爱，不断地去探索世界。存在对对方就是一个召唤。这召唤也是内在世界的建构过程，一层一层、一个角落一个角落地让自己看见，也让对方看见。看见就是建构。在不断看见的过程中，内在世界不断丰富，关系也就变得绵绵不绝、无穷无尽，人们总是在对话之中获得新的惊喜、新的思考。

外在是安宁的，而内在精神是活跃的、丰富的，这样就能够持久地保持恒定的内心，保持活力，并且通过创造让自己更加有力量。随着岁月增长，在这个创造的过程中力量就会增长，就不会容易被动摇，那时候就可以进入随心所欲的状态。

最奇怪的就是，别人惦记着一件事情时可能会感到累，而我惦记着事情却不觉得累，这种惦记是踏实的。它不是渴求的那种，没有世俗的要求。如果有渴求，也是等待春风的那种渴求。日常生活中的渴求总是让人累、让人牵挂、让人痛苦，但等待春风的时候，那是愉悦的，它来不来都是愉悦的，就像一棵小草忘记了大地，大地忘记了一棵小草，可它们还在一起，并没互相离弃。最重要的是，能够确定对方的存在。与等春风或者小草与大地之间的关系不一样的是，人是有意识的，而相同的是自在感。这是对人的意志和理性的肯定，又达到了自由、自在的状态。

朋友间的聊天，要话题常新，要调动所有的感知和知识，让思想的探头不断往话题的纵深处勘探，这才有意思。每一时、每一刻都感觉到生命是活着的，它睁着眼睛在看世界，不断穿越迷障；它张着耳朵聆听，感受和体验；甚至情感和灵魂也被调动起来，它们在这对话中欢欣鼓舞，充满喜悦地张开身上的绒毛参与到这场对话中。

信任一个人，能够拥有"你在"这样的感觉，这可能是人生最幸福的状态。无论是小孩还是他人，你所惦念着的人都能够让你体验到"你在"这种喜悦。"你在"就是一种安全感，一种你可以去做任何事情的心理基础，这种感觉在召唤你向着美好的方向努力，它会让你富有勇气，让你怀着欢欣和善意去面对一切事情。

你所馈赠给我的，会抚平我的创伤，如果你远去，就会加重我的牵挂。在我们旺盛的生命力还没消逝的时候，我们必然要遭受牵挂的折磨。生命借给我们的只有一个方向，那就是消逝。消逝挟带着一切相随的东西，那些无法被挟带的、我们愿意留住的，最终就留给我们牵挂。这一刻的消逝，已带走那远方的牵挂，痛和欢乐在心间积淀了下来，那些积淀是成长之源、欢乐之源、痛苦之源。

放松是必要的，生命必须有张有弛，才能更加持久。所有的过程都是丰富生命的经历；丰富体验，提高思想力和想象力，增强意志，这是一个生命得以丰盈的种种要素。过于单纯和囿于唯一性的生活，显然过于贫乏。一个强大的心灵、一个深邃的灵魂，肯定有丰富的经历和强大的生活消化能力，一切经历都会成为生命的养分，催动生命的壮大。

亲爱的阅读者，我可以用确信的口吻说出来，我说出的，都是我真诚的声音。我相信我说出来的时候，你也听到了，你也知道它的存在。因为你，我敢如此确信地说出。事实上，我对其他人从来没有如此确信地说出、如此丰富地说出这世界的存在，以及它的那些细节。我也相信，你能够从我的话语之中，证明它的确存在着的。我们互相得到了印证。两个高贵的灵魂互相呼应、互相召唤，他们的交往化成了诗歌、艺术，化成了哲学话语；他们使用着不同的文字、语言，但他们处于相同的世界里，在思想之力的互相推动下，这两个内在世界越来越丰富、越来越广大。他们将会各自成长，在漫长的时间里形成两个互相呼应的内在世界。

既爱之，又不沉溺其中

真正的互相认识是把握对方的本质，而不是了解多少关于对方的信息。信息没太大作用，基本不作用于心灵，只有本质性的东西，才作用于心灵。信息只是一些外在的东西，对于两个人来讲，并没办法通过它产生一种内在的联系，而对于对方本质性的把握和认同，才是辨别对方的关键。片面、零散的信息对真正认识一个人作用不大，但非常多的人会陷于信息里面无法自拔，某个信息可能会摧毁你对一个人的态度，那可能是一个角度的问题。真正的交往、真正的友谊，是本质属性上的认同并建立了联系的，而不是跟某些信息发生关联的。

但你要亲切地理解他们，不要有埋怨，也不必遗憾，他们就是这个样子。现实就是现实，现实是盲目的，甚至有时候是野蛮的、愚蠢的。别期待着现实会给你一个多么舒朗的空间，但你依然还要亲切地理解他们，因为他们就是你的亲人、你的兄弟姐妹，要怀着理解、怀着悲怜、怀着爱。另一方面，你又要充满着热情去追寻你内心中那由你的生命力、你的觉悟所开启的世界，并通过语言把它创造出来。满怀喜悦和责任感去创造，这也是给亲人的礼物，它可以带领你的亲人走向一个更宽阔的地方。现实自有它的命数，如果你把所有的精力都放在与现实的纠缠上，你就永远不可能打开一个新的空间，而且现实会扯着你一起下坠，让你痛苦不堪，甚至毁灭你。你应该跟现实保持审慎的距离，既爱之，又不沉溺其中。为什么说一切道德必须由我们重新评价？这一方面指的是对现实、历史必须重新评价；另一方面是指我们有自身的道路，我们有自身的道德和逻辑。你必须坚信这一点，才能给现实打开一个新的空间。如果跟现实纠缠不休，甚至还会因你对现实的背叛而感到愧疚，那你就永远只能停留在他们的维度和空间里，随波逐流。

爱是艰难的，特别是守住某一种形式的爱是非常艰难的，只有爱的心是永远活着。但是，如果把某种形式的爱定义成唯一的爱，只要被束缚在某一种形式上，爱必然就会缩手缩脚，会被扭曲。爱是无边无际的，它是一颗有力量的、喜悦的、对所有事物都充满热情的心在这世界上的行走。爱是一颗心，它可以落到任何的事物身上。当然，在不同的事物身上，它会有不同的表现方式，这是很重要的。不能反过来说某一种方式、对某个事物的爱的形式不变，那才叫爱，那就错了。爱是一颗心，就是施与。

生活就是一把双刃剑，既有伤害，也会引领你成长，不能用单一的视角来看待它。重要的是我们对自身的要求，我们要用心去打开自己的生命，用智慧、用意志去开拓生命的边界，不要屈服于现实的规范。不然的话，就会被生活伤害。一个能执行自己意志的人，要有智慧和力量来处理生活，不然就必然被现实吞噬。

你是与众不同的，你选择不平庸的生活，这种选择肯定对你的内在世界的激发和呼应都是正面的。但是，这可能会导致你的面前留有很多世俗的障碍，这是选择这种生活之后必须要面对的现实，孤独、不理解、误会会如影随形。要尽量把现实处理好，努力平衡理想和现实生活的关系。世俗中的人，很多都恐惧才华，因为才华太有穿透力，对平庸的生命和生活都构成了伤害，使他们的平庸无处躲藏。

把一个特殊的人放到你的眼前，让他来到你的生命里，他跟你那永恒、虚无以及沧桑的人生融在一起，这是一种非常丰富的感受，它是惊喜，又是一种茫茫虚空中仿佛拥有了一点钻石般的感受，这让我们无法不热泪盈眶，无法不惊叹。

为什么有一些人的心比较冰冷，感受力比较弱？就是因为他们对生命的感知只在一个维度上，他们没办法体验一个简单的动作、一次拥有在他们生命里、在他们的人生里面所具有的意义，他们没办法感受到每一次拥有对于自身所产生的冲击。

"我感到幸福"，这是一笔巨大的财富。它收集了我的灵性、我的善良和纯洁。是你在收集，我自己没有收集，其他人也没有收集，但通过你，它被收集下来了，也仿佛把我的生命凝固了下来。是你把它馈赠给我，当然，我更多的是把它作为一种鞭策、一种鼓励。就像你说的，我是大灰狼，天使的属性事实上只有一点点，而你把这一点点呈现出来，让我看到了自己的可能性。

两种幻觉相遇

我对充满着激情的爱情不是很信任，因为它在时间里面会被淡化，会被扭曲。但是我相信爱的情感，相信爱意能够达到共鸣的精神状态——一种相处的喜悦，甚至是相处的狂喜。我不相信永恒、恒定的激情，我更信任稳定而美好的情感，因为我不想、也不能占有什么。恒定而激烈的情感难以长时间持续，毕竟它是燃烧着的，而且其中有强烈的占有成分。爱意或者爱的情感，它是施与而不索取，它能推动生命走向丰富，而不是对生命的剥夺和扭曲。

爱情与婚姻是两码事，婚姻就是日常的柴米油盐，是两个人的合作、配合；爱情建立在幻觉的基础上，它像鸦片，或者像一种信仰，必须在一个封闭的空间里才能够存活，才能够保持纯粹性。

我的世界是你一直寻觅而突然相遇的一个惊奇，它可以让你存放你的幻想，也存放你的精神，它是你可以皈依的一个世界。两个世界的相遇、相呼应，就是互相看见、互相丰富。我存在于现实，但我可能也是你的一种幻觉。两种幻觉的相遇，可能可以激发出一种提升的力量。

人与人之间能够保持一种舒适的关系，并在这关系里面保持积极、向上、开放的精神，这种关系就是善关系。保持这种关系，需要两颗心灵都同时具有体验和容纳现实的得得失失、恩恩怨怨的能力，同时也能够去眺望那高远的精神；只有两颗心灵同时体验和思考，他们之间的碰撞才能带来喜悦，带向一个更广阔的境地。而这种感受和体验也会使两颗心灵之间的关系更加持久、更加迷人。具有倾听能力、思维活跃、敏锐的心灵，就能够真正展开对话，每一个词在共同的语境中，是透彻和准确的，不需要再解释，任何一方的声音发出来就能够抵达对方。

让各种事物归位，置于它们该去的位置，就叫安放。对各种事物的关系要有清晰的认识，并把它们放到合适的位置，这样生命就会舒坦。不断凝视自己的内心，追寻它。外部的得失不应该构成一种障碍，或制造痛苦，让生命落在外部事物上是对生命的扭曲。虽然人类从原始社会到现在一直都在为解决与外部的关系问题而挣扎，因为这种关系涉及生存、财产等问题，是解决生产力和生产关系矛盾的问题，但这些问题不是生命的根本问题，它们是外在的问题，不应该让生命陷于其中，而是要让生命去追寻那些更高远的事物。要真正解决内心之中的问题，那才是自身生命的本质。解决外部问题可以当成一项工作。

因为我们思想的空间足够大，对生命的可能性有足够的想象力，所以任何不同的诉求，都能够在我们的思想里面找到位置，得到理解，得到安放。我原本想占有的我也能够放下，人生的本质就是放下，不断地放下，不断地放下。虽然我不是虚无主义者，但是我知道，我们人的本质就是放下，不管我们有多少欲望，最后还是得把肉身放下，这是必然的，爱情、健康、青春，总有一天都会离去。必须以一种赴死的态度来面对生，使生命获得从容。

朋友关系是最符合大自然和谐共生之美的关系，一切皆平等，一切皆独立。在这种关系里，他们又互相依靠，像两棵树之间的依靠，像乔木与灌木之间的依靠。他们都各自安好、和谐相处，他们的关系和存在的方式，构成了丰富多彩的"大自然"。这样的关系才会在从容及互相感动中获得提升。

人区别于动物的其中一点，就在于意志能否得到尊重。意志是人具有的、区别于动物的特点之一。所以，关于尊严的一切思考只能从意志出发，而意志必须建立在丰富性的基础上，匮乏将把意志引向邪恶。

别总是期待着人生美好、符合个人的理想，须知人生正道即沧桑。只有深刻认识生命、生活的本质，才能够从容面对，才会因为自己独立于这个世界而感受到生命的骄傲。有几个朋友、有几个读懂你的人就够了。从容，并且用心去追寻自己生命的最高可能，这才不辜负"我"的存在。亲切理解每个个体的独特性，接纳自己命运中的遭遇，各自安放于自己的位置；对于生命、社会、他人的深切理解，才是我们从容地体验、认知的基础。真正做到从容，才能不以物喜不以己悲，从容面对自己命运中的劫难。

我能接受残缺，我能过泥沙俱下的生活。我曾经也是眼睛里容不下一粒沙子，并且以纯粹、纯洁、干净为标准去要求别人，因为那时我以同样的标准要求自己。这不仅给自己制造痛苦，也给别人制造痛苦。事实上，这世界上并不存在着你想象的那种纯洁、那种干净。如果一定要找这样的东西，你肯定找不到跟你呼应的事物。

两个人隔着几百公里的河山聊天，双方都是独自一人，喝茶，相互间谈论着一些深奥的事物。话语的绵延之间，有江河、山林和城市的喧嚣，而星空连接着喧嚣，使所有事物融为一体。这个意象绝对是现代的，在古代是没有的。通过电子产品的连接，两个独自喝茶的人，各自孤立又亲密地联系在一起，这是如今时代一个非常独特的意象。

卷四

万物的宿命

目标在寻找它的神枪手

　　我时常体验到一种无意义，它像空气般弥漫。我们被一个定制的铁笼子罩住，人生被不知不觉地规范了，我们就在这个铁笼子的方寸间茫然活着。人在被规定的现实生活里残忍地浪费生命。

　　是否有一个目标在寻找神枪手？平庸的年代，每一个人都是神枪手，因为标靶被取消了。没有目的的时候，神枪手和胡乱打靶的都是同一个结果——总有一个地方会被打中，这结果看起来都一样。在杂乱无章的幻觉中，目标在寻找它的神枪手；"神枪手"也知道有一个目标，在他的射程之内。

　　许多生命虽然活着，但处于窒息之中，他们既无法敞开，也无法倾听。他们不仅无法倾听外部的声音，也无法倾听自己内在的声音，他们在茫然之中孤立地活着，没有提醒，也没有抚慰，有如孤魂野鬼。

平庸的年代，每一个人都是神枪手，因为标靶被取消了。没有目的的时候，神枪手和胡乱打靶的都是同一个结果——总有一个地方会被打中，这结果看起来都一样。在杂乱无章的幻觉中，目标在寻找它的神枪手；"神枪手"也知道有一个目标，在他的射程之内。

重构自我

有的人像种子，随时都在生长，他们从不会停止追寻生命的方向。他们的肉身在无人关注的时候，也像一个不计后果的永动机，不停地胡思乱想，不停地自我缠斗，不知不觉中，脑子里就产生了一个世界。这个人如果不是傻子，就必然具有创造力。如果这个人具有穿透力，许多问题就会被他意识到，并产生重建新世界的可能。他可能是天才。而另外一些人，即便在花枝招展的时候，也在遗忘里，他们从不可能在头脑中产生新的可能。

珍惜时光的馈赠

如果一生都在为一日三餐而奔波，那么，无聊的时光，就是一种馈赠。

在生命中，有许多美好的事物是我们曾经拥有，但又很快失去。这可能是命运的必然。在人生的某个时刻，能拥有一个人，就是命运最好的礼物。如果有一天失去了对方，也不要因此而悲伤。所有的命运都必须由我们自己承担，担当即命运。

人能占有的只有记忆。他会拥有此时此刻，但在漫长的生命里，他拥有的只是记忆。我们常常希望在这一刻待得更久，在这一刻里，我们是血肉本身，我们希望沉浸得更深，拥有得更多。相反，有些人则感到厌倦，希望就在此刻立刻转身离去，但这一刻，已然进入了记忆里。是记忆塑造了生命，而不是时间。

不同的维度有不同的生命

在喑哑无声的地方，也存在着精彩。这种精彩需要他者的证明，不然会消失在遗忘里。没有他者，精彩就只存在于想象里，就像一个炙热的发动机快速旋转制造出来的幻觉。如果他者出现，这一切就变得真实、确定，虽然这真切也许是个幻觉。这也是我们渴望得到知音的原因。我们常常在沉默中消亡，被遗忘在时间的虚空里，这没有什么遗憾，这是万物的宿命。我们看见过被压到地里腐烂的叶子和各种有机物在腐朽中孕育新的生机。我们的思想、经验，没有表达出来，没有形成文章，就像那些被埋在地里的腐殖质一样，可能悄无声息地消失了。但是作为生命的过程，那一闪而过的念头、那无人见证的经历，虽然没有开花结果，被压在遗忘底下，但依然洋溢着生命的光彩，依然滋养着生命。不需要叹息，悄无声息地腐烂，这是生命的常态。我们所畏惧的是生命从未醒来。

生命要放出光芒，是的，生命要放出光芒。但如果在成长的中途夭折或者遗忘，也没什么好可惜，生命就是这样。在人类历史中，埋没的天才、不被记住的天才、早夭的天才多不胜数，比现在大家能记住名字的这些历史人物还多得多，甚至比这些人更具才华，但他们无声无息地消失在我们的历史里面。如果你也在这一序列里，又有什么遗憾呢？

此时，置身于牛蛙的鸣响声中，鸣声从各个角落——草丛、下水道、屋角里——滚滚而来，洪流般的声浪听起来实在震撼。一个人走着，置身于一片声音之中，人就消融在里面。声音成为一个完整的世界，不是背景，它就是世界本身，就是你。置身于蛙鸣的世界里，仿佛自己是一个孤独的闯入者，它完全把你吞噬。记忆中的蛙声，零零星星，蛙鸣是背景，人是主体。而此时听到的这种巨大的声音，令人立刻就感觉到自己的渺小，一切都包容在这声音里，仿佛这世界是它们的，不是我们的。此时，它们就这样宣告它们成为世界的主宰。

一只乌鸦的存在，它自身是完美的，是纯粹的，但是我们去模仿这只乌鸦的时候，我们永远到达不了它的本质，我们永远都是不完美的和有缺陷的。

同样是活着，但不同人活在不同的维度；人生的质量，是由生命时间的维度内容所决定的。如果生命被定义在一个日常的维度上，那生命就被一些日常事物及其价值所填充，它也就被规范的生活方式和现实的生活空间所定义。这是绝大多数人的生命维度。还有另外一些人，他们的生命维度延伸到历史、人类的思想和伟大的创造空间，他们的生命就会生长，会自然而然地往外部去吸收养分，滋养自身的生命，让生命变得丰饶起来、深邃起来。这一切，就是生命时间的维度在起作用。

建构个体生命的尊严

不要让人永远在求生存的链条上活着，不要永远活在匮乏和劳碌之中，而没有给生命腾出宽阔的闲暇空间。让它自由地呼吸、生长，让它眺望更高远的地方，继续往更高的维度生长。

忠诚看起来、听起来都是一种美德，但如果没有建立在对对象的深刻理解的基础上而要求忠诚，那就是耍流氓。忠诚是个道德问题，是愿望和自由意志合一的行为。忠诚必须建立在对对象深切的了解和理解上，因为忠诚关涉到自由选择。如果没有能够让自己热爱、忠诚的东西，人生也许会感受到匮乏、虚无。但是，无论忠诚或者放弃，都必须建立在自由选择的基础上，才对个体生命有一个有尊严的交代。

一个人聪明、善良、勤奋，他就是社会的一块砖。如果他是幸运的，在世俗生活中没有被折腾得太过于狼狈，安安稳稳过着日子，也是幸福的。如果他没有固定的工作，可能会通过做生意来维护生存。他可以不去追求富裕的生活，认为过得去就行。但是，如果像他这样的人，却连最基本的日常生活都过不下去，那么问题就严重了，崩溃的脚步声就近了。

对于专注内在世界建设的人来说，不要抱怨现实，现实千疮百孔。我们必须在沉重的大地上深情地活着。只要现实能支撑你，在现实中能够安心，这就是一个好的现实、一个值得活下去的现实。如果不能安心，这也是个可以活下去的现实，我是说可以活下去，说它也是好的，但不是客观的好，而是说它之于精神的好，因为它对我们的精神构成了挑战，它在强健我们的精神。任何人都不愿意生活在压抑扭曲的现实里，但如果命运把你推到了那里，你就必须具有批判力，批判力使你的生命不至于被窒息和扭曲。只要能活下去，就不算太糟糕。对一个麻痹的心灵来说，那就很糟糕，现实无法给它提供任何养分，并有足够的力量把它摧毁；但对于有批判力的心灵，对于有光的心灵，一切都可能成为力量的源泉。

一个有抱负的人，他看到的现实跟普通人看到的现实不一样，就像自由散漫的人的现实主义，在别人眼里可能是浪漫主义。我记得小时候我母亲总是说我把坟墓看成房子，就是说，我看到的现实跟别人不一样。我的的确确感受到我不愿像别人那样去生活，我心中有一只猛兽，从现实中出逃就是我的现实主义。其实，我内心中也是有起伏的，作为普通人，作为具有有限性的人，我也有欲望和畏惧，但我心中那个强大的声音，在呼唤我出走，去追寻它。这种召唤就深深地存在于我的心中，我时刻能感受到它，它也从未远离我。

交通、网络快速发展之后，那些深邃的东西就被消耗掉了，这会让整体零碎化，让沉重的东西变轻、被稀释，这就是工具给我们提供方便之后的结果，也是我们为便捷付出的代价。工具的发展，使倾诉、交流的获得变得轻而易举，感情积累的时间越来越少，而没有一个发酵、升华的过程，感情变得平面化，快速产生、快速消亡。但这种情形是不是可以减少或避免伤害呢？因为感情太浓厚的时候，会带来对自身的强烈折磨。

在古代，为了生存，必须强壮身体，这是一种自然而然的生存之道。但到了现代，因为分工，身体和头脑的工作选择了不同方向，每个人有了不同的生存方式。在这种环境下，如果一个人愿意强壮自己的身体，这种意识就是对身体荣耀的追求，这种追求，本质是精神性的。追求身体荣耀是一种高贵品质，这跟古代为生存而强壮身体本质是不一样的。在现代，当意识到必须追求自己的身体荣耀的时候，你已然有一个强大的精神生活。

生命可能是用来发呆的，也可能是用来创造的，它是拥有、享用、馈赠。无论以什么形式，生命怎么过，都是意义所在。生命的意义肯定不仅仅在于一种或某一种形式，而是多种形式的存在。重要的是，生命过程必须是自由的选择；在这个过程中，能够体验到活着的欢乐，能够不断滋长、逐渐获得丰盈的体验。它有力量、敏感、欢喜、从容，这才是重要的。

周旋和抗争是生命的常态，因为我们没办法彻底脱离现实，也无法真正改造现实，我们只能置身其中。然而，我们又不能、也不愿意被现实吞噬，希望保持独立性，并且在这个过程中还能不断地生长，而现实又不可能追随我们的脚步，甚至它永远处于我们成长的反面，我们也不可能改变它，不能伤害它，我们与它就处在这种周旋和对抗的过程中。在这个过程中，我们会不断地获得营养和自我生长的可能。

精准评估失败的价值

我们真的需要一个栖居的地方吗？难道那些大德高僧，庄子、老子最后到达的那个境界就是栖居的地方？我们并不需要它，但是它必然会跟我们如影随形，对生命构成永恒的召唤。我们一直置身于牢笼之中，挣脱掉一个牢笼，又会陷入另外一个牢笼里，如此反复，用尽一生。关于栖居的那个境界我们没有经历，可能用文字也没能将它真正描述出来，因为能用文字描述出来的时候，它就有了牵挂，而一旦牵挂，牢笼就产生。所以世上是没有这样一个没有牢笼的生命状态的，你只要带着这副肉身，你就带着牢笼。

这的确是一个非常奇妙的生存方式，它会滋养我们，而且能够提供无限的可能，与世界万物包括广大的人群共呼吸、同命运。

我走过来的路子可能跟你们不一样，我年轻时，喜欢竞争，现在内心还有一些小小的世俗欲望，但是，因为我的价值观的确立，使我在世俗方面有能力撤退出来，站在自身的价值立场上去面对人生的得失。我的确意识到在这时代，"我们都在渴望成功，但，是失败拯救了我们"。在这个时代，失败的确可能让我们获得更多的东西，让我们保持独立、不被异化。

伟大的艺术和宗教都是从复杂性中提炼出纯粹的，比如佛教的禁欲主义，把性作为累赘和烦恼的源头加以遏制；比如诗歌，我们愿意、也必须看到一个宽阔的、能够飞翔的世界。所有不能割舍，都是因为小。荷尔德林、里尔克、策兰，他们的存在都意味着纯粹，而茨维塔耶娃却与我们有相同的血脉，她的时代，俄罗斯、苏联，她的苦难、焦灼和不屈不挠都与我们的生命如此相似，我们都意识到某种高于现实的规律的存在，并倾心于它；我们都被现实所淹没，并从其中发出呼救和抗议。

不了解真相，纪念的意义就会被篡改。不是说不要纪念，而是说纪念必须有反思，唯有反思才能抵抗肤浅对人心、对人的精神的剥夺和对情感的利用，使生命获得深邃。深邃就是给思想更广阔的空间，能体验事物的皱褶、柔软与坚硬、疼痛与欢乐、泪水与欢笑，而不是被压制在一个平面上，无论那平面被抬得多高。

眼前的问题是，愚蠢的行为不受制止，大面积的愚蠢就会泛滥，恶催生恶。当恶开始盛行时，毁灭就成为了必然。等到物极必反之时，那要毁掉多少美好才能重新开始。

幸福是一个带有虚无主义色彩的词，它被一种虚幻的感觉迷惑着，人被带入了安逸游乐和得过且过的深渊，而放弃了追求真理、创造明天的内在动力。幸福是内在世界匮乏的迷幻剂。

廉价的善泛滥了。这种廉价的善，存在于千千万万受过教育、在社会的物质层面受益的人心上。他们懂点是非，略知有所为有所不为，但无法与罪恶搏斗。这善是怯懦的、胆怯的，但他们需要对自我有所抚慰，这小善就是自我抚慰。这是他们碗里的一点残羹、向外的一点施舍，是对无法与恶搏斗的无力和绝望的补偿。

可以依靠德行和心性抵达一个安详宁静的生命境地，但世界不会放过我们。

此时，人的生命状态就是浮躁，被时代牵引着走，无法深入生命的底部去探究生命的意义。而这内在世界，需要生命在成长过程中有能力去自我塑造和开掘，不然的话，它只接受来自社会的规训，并形成一个边界坚硬的小心眼。个体需要依靠自身的觉悟，给自己的生命开拓新的空间，并努力贯彻自己的意志，去超越命运的安排。

自由必须建立在个体内在生命丰盈的基础上。很多人过着随心所欲的生活，但他们的生命并没有达到自由，匮乏和扭曲使他们在自己构筑的牢笼里漫无目的地挣扎着。自由不仅仅是指外部自由，真正的自由是指那些内在世界丰盈的生命自我意志的实施。

可以依靠德行和心性抵达一个安详宁静的生命境地，但世界不会放过我们。

在深切地了解了自己的内心和生命的需求之后，我们对现实就必须以智慧的、坚定不移的态度去面对。一方面，敬畏它，保持柔软的身段；另一方面，守住自己的内心，意识到我们生命的道路的所在，并且有力量去拒绝庸俗对生命的侵蚀和规范。现实常常以一种伪善的姿态向我们提出要求，但是我们必须听从自己的内心，不同流合污。

生命的活力存在于幽暗的地方，这地方不是所有人都能抵达或者置身其中的，只有敏锐的心灵才能触及。这地方生机勃勃，充满着矛盾性和各种可能。它能够让人向上，也有可能让人向下。生命置身于这幽暗之地，我们必须用意志和智慧去守护它，让生命获得成长。这里天地广阔，能够磨砺生命，能够让生命变得敏锐、丰满。

对许多信息和观点，姑且听着，并保持怀疑的态度。现象的背后是什么，我们不知道。人的内在世界最牢固的部分是由价值观、逻辑能力和依据价值观对现实进行判断而产生的立场所构成。如果无法把握现实，或者现实没有向我们呈现真相，我们可以暂时放弃关于立场的表达。一切判断必须基于真相而产生。

面对现实的荒谬，要给自己建一堵墙，给自己建一个封闭的空间，它能使外面的喧嚣、毒素没办法直接侵蚀你的身体和精神。就像那些得道的高僧，他们建一座寺庙，然后在庙里修道，或者在深山老林里面壁，这些，都可以避免外部的喧嚣对自身修炼的干扰。

要在现实生活中觉醒，面临着自身勇气、想象力、体验力方面的挑战，必须拥有这些，才能突破现实的规范和局限。当一个人感受世界、理解世界的能力虚弱的时候，他是完全没有能力拥有这些的，因为打开新的空间的动力，在生命里被封闭了。如果没有人引导，甚至还存在着各种各样的诱惑，那他的生命就从未向一个更高的空间敞开。羸弱的生命注定一生都在黑暗和窒息之中度过。他们从一开始的道路就是被安排、被规限的，从未有过能够超越和逃离规限的力量，只能在惯性和持续的黑暗、迷茫中终其一生。

自由不是随心所欲

自由是一个极高要求的概念，它要求生命必须具有一个丰盈的心灵，任何匮乏和扭曲的心灵都没有自由可言；它要求必须具有超越规限、超越迷障的能力，能够富有勇气地去实施自己的意志。自由不是所谓随心所欲，它首先是对迷障的超越，无论来自自身，还是来自外在社会，它随时要开启新的意识。没有自由的心灵创造，也就不存在自由的可能。一个内心被规范的人，只能在别人既定的框架底下活着，他的头脑被禁锢在固有的秩序里，那就没有什么创造力可言。当一个心灵无法突破障碍和迷障时，人就只是在被规定的空间里求生存而已。

善的社会并不是一个平面，它有非常多的皱褶和层面。一个

社会越活跃，越具有舒展的空间，就必须有越多的皱褶、气泡，使人能够在时代的碾压下相对自由地生存。我所看重的生存状态，是一种生机勃勃的、有喜悦、有活力的私人生活。一些人到了台面上时，就与时代融为一体，就必然具有时代的属性。我们渴望成功，但，是失败拯救了我们。作为一个普通人，渴望成功、渴望获得，但会由此失去纯洁和纯粹性；而保持特立独行则可能会受尽磨难。但磨难的过程，可能会锻炼意志，使生命更加丰饶、更加坚定。这磨难的道路可以磨炼人的意志、成就人的品格，磨难是自我造就的道路。这是命运的安排和自由意志的选择。生命的目的是让生命在有限的时间里获得丰盈的体验，成为一个丰盈的个体。所以，有什么样的命运，或者说有什么样的选择，结什么样的果，都不用太过在意。能够按自己的内心生活，不受屈辱，不断成长，这样的生命状态就值得保持。

保持现代性的体验，就是要进入现实。现实是由各种各样的材料、各种各样的形态构成的，都具有强烈的当下的特征——现代的特征。你必须有能力去与现代的事物、精神共处，有能力去消化它们，并且从其中培育出一个更强大的现代生命。有一些人没有能力消化现代的生活，他们用一种固定的，甚至是别人强加给他们的方式在生活，戴着一副别人塞给他的眼镜，只能看到别人给他看的，而他从来没有用自己的眼睛去观看，他们的其他感受器官也同样已经作废。

成为同代人，就是要成为一个不合时宜的人，要有能力与时代保持距离，甚至成为时代的批判者，而不是被时代的洪流吞噬，要作为一个时代的他者去认识、去观看、去体验、去置身其中。成为同代人最重要的是个体自身的自由意志，以自由的意志在他的生活环境中听到内在心灵的召唤。无论经受什么样的磨难和误解，需要担当怎么样的命运，每个生命内里都有一个强烈的声音告诉他，成为他自己，这就是自由的生命。

真正懂得尽义务，必须等到了孔子所说的"五十而知天命"的时候。对自己的天命有所了解、有所把握的时候，作为人的义务意识就出现了。非常多的生命，没有天命、没有天命意识，只跟随着自己的命运，就像浮萍一样，风往哪边吹，就往哪边飘。只有到了有天命意识的时候，生命才有了根，在浮光掠影的日常中扎下来，才有能力真正去承担、去选择，自己的意志才真正有了方向。

反抗、自我拯救、不断跋涉，有时候需要休息一下，养精蓄锐，卷土重来。当理想、激情想休息时，顺其自然，该过日子时去过日子，该放鞭炮时去放鞭炮，不用太在意，不用太着急，是什么人就做什么事，只要那个东西是你的，它就永远在召唤，在那里等你；当你遗忘时，它就会跳出来告诉你，必须继续往前；当你走了、把它放下时，也没关系，只要是你的，它还会在你的身上重现。

现实中我们碰到过各式各样的问题，但这从来没有令我沮丧，也没有令我灰心丧气。虽然这有时让我感到厌恶和羞耻，但我依然把它当作一种命运接受下来。当我难受的时候，我就会去发泄一下，出口气，喝酒、聊天，或者无所事事，怎样舒服就怎样来，我不会让自己被压在一个非常不爽的状态之下，至少不会让这种状态持续太久。罗素说，我不会为信仰献身，因为我不知道我的信仰是否正确。我也难以判别我的选择是否正确，也难以给你们任何答案。苟且、圆滑和纯粹、绝对，这二者的确是不同的态度和方式，有些人倾向于前者，而有些人更倾向于后者。任何选择都是艰难的，是艰难给生命撕开了一个拯救的空间，这个空间里有忍耐、反抗和重建的可能。

我们已经有足够的力量，它来自我们内在世界的丰富；只要内在世界足够丰富，我们也就有足够的时间和定力来面对外部的世界。无论外部世界怎么改变，我们也能保持不变，能够保持活力。最重要的就是不要让自己过度地难受，难受就是对自己的伤害。这种伤害既是精神的，也是身体的。要做到任何时候都能抽身出来，无论是站在外部观看它，还是进入它的内部。我一直在问：什么东西让你感到厌恶？如果你与你所厌恶的东西纠缠不休，你就跟它同样了，它会用一种强力去同化你。

如何与世俗相处

什么叫庸众？就是没有人文精神，没有勇气，服服帖帖的、深陷于日常的人。他们无法独立思考，听任于权力的摆布，并跟随权力的指挥棒起舞、叫嚣。他们对世界毫无了解，对人毫无同情，都是些苟且的人。然而，要对庸众保持一种宽容的态度，为他们感到悲哀，我们没有理由鄙视他们，也没有理由抛弃他们，但我们能做的就只是做好自己，保持一种独立、丰富的生命状态，保持自身内在世界的成长、内在世界的丰富，守护自己的内心价值。

我们肯定比他们强大得多，因为我们的生命有无数条道路，而他们只有一条。而他们这条道路就是祖传的、现成的道路，让他们走上另外一条道路，他们会惶恐不安，会感到绝望，这就是他们的处境。我们很难要求他们改弦易张，就像愚蠢的人更加坚定，他们从不会怀疑，因为他们只能站在一块石头上，只能靠一样东西支撑，无法想象其他的可能，他们无法站在别人的立场来看待事物。这就是他们的局限性。局限性使他们变得更加自信、更加极端，也让他们变得更加脆弱。是的，他们是脆弱的，他们对异端感到恐惧，也毫无理解异端的能力。

那些反对大众的人的处境会很凄凉——也许不会很凄凉，但是肯定会孤独。如果你还在庸众中间，要么就离开吧，他们难以看到异端存在的价值，他们总会用世俗眼光去衡量对错。他们并不知道哪些东西比世俗的利益更加重要，他们无法想象。他们说：那个东西能当饭吃吗？他们都是这么问。

我并不是建议凌驾于现实之上我行我素，但现实必须要有透气孔。令你凌驾于现实之上的事物会让你的处境变得非常窘迫。而且那个想象中的东西有一天会告诉你它是虚幻的。但是如果在现实中，你能获得平衡的时候，那虚幻的就是真实的，它能够支撑你的生命，让你的生命由此变得丰富和宽阔。如果你的现实被抽离了，那它真的就是一个虚幻的东西。你必须在现实那里打开一个缺口，现实生活必须获得平衡；现实中的自我不能永远处在压抑中，你必须有一个宣泄口，不然的话，现实会让你难以承受。日常中必须解决这个问题，不然逼迫感还是会反反复复地出现。我的意思是在现实中维护内外一定的平衡并拥有虚幻的想象，这是保持生命活力、不被扭曲的有效路径。

关于在现实生活中打开一个缺口的问题，你只能问自己：我需要什么？而且，你别想着生活可以一劳永逸地让你获得幸福、平静，这也是不可能的，你永远都是在梦想和现实的对抗之中。要从容地、智慧地去应对你的现实，更重要的就是要能够一直保持内心的丰富、生命的成长和创造的激情。打开生活的缺口就是看你在哪里感到压抑，你就在哪里开辟另一条道路。每个人感觉到的压抑的来源都是不一样的。

一定要知道现实：你的世俗生活和世俗要求是不可能跟你的内心目的达到调和的，也就是说，生命必须在时间里不断地去对抗、协调、平衡，然后平衡又被打破，周而复始地折腾。但是，只要内心的火焰不灭，生命依然保持着活力，就必须这么走下去。不要想着一劳永逸，不要想着一下子到达目的地。人生就是一个过程，这个过程必须智慧地、勇敢地去处理。不同的文化、不同的生命状态，会有不同的处理方式，当然每个个体也会不一样；要保持在多个时间维度上看待、以不同的方式处理人生的目的，这样的话，才不会把自己逼到绝境。

现实中很多事情要智慧处理，对任何事物都要多角度、多维度、运用多种方法去认识和处理，不要认准一个理走到底。当然，可以为一个理走到底，那是一种勇气，但也可能是一种偏执。一切事情的完成，一方面是追寻知的方向，另一方面是对现实智慧的处理。这两者的同时兼顾是矛盾的，其中可能存在着妥协，但这是基于空间感和现实感的要求，对理不要过于执着，也不要绝对化，绝对化只存在于理念和认知的世界，但是面对现实的时候，还是要有智慧。虽然说"智慧出，有大伪"，这可能是中国智慧区别于西方绝对性的一种处世态度。

有爱但不占有，是更大的爱，有如慈悲。世俗之爱，一旦有爱必然跟着有恐惧，所以纠结、痛苦、嫉妒、仇恨成了人生难以绕过的陷阱，只有更高的爱才能医治人间爱的恐惧和狭隘。

具有超越爱之阴影的能力的人或在诗歌中建立了超越性世界的人，并不是神，他们只是在痛苦的人生经历中看到了人的可能性。他们的写作只是向这个可能性敞开。他们看到了那幽暗和缝隙部分的存在，精神和感受力恰恰在缝隙和那摇摆的幽暗里生长。活着的人在缝隙里呼吸，在矛盾性里呼救。有尊严地活着的可能性不是指向纯粹，而是挣扎着的存在。

卷五

属于自己的只有一条道路

神灵就是自我的纯粹

一个事物的存在要经由他者作为证据来加以证明，但是，如果这个他者与事物本身不对等的话，那么这个事物的存在依然是无法被证明的；一些伟大的诗篇，也同样应该是经由同一等级的事物才能被证明。

纯粹不是幼稚，是坚定，是在庸俗的蛊惑之下保留不被动摇的确信，并把这确信化入了生命的呼吸中。而我活在浊世中，如果我有幸有了一点领悟，也是向纯粹学习的结果。从你那里，我听到那隐约的高远的声音，这声音使我确信我内心的回声并不是一个幻觉；因为你的纯粹，在你那里，我所获得的一点喜悦和安慰的正当性得到了证明；也只有经过你，我才能确信"我们的道路高于他们"。

敬畏神灵，亲切地理解每个普通人。神灵和普通人，二者存在于不同的维度，但有时候又融为一体。神灵不仅是指存在于幽暗或者黑暗的地方、具有强大的力量的那些东西，也包含在我们普通人之中。有时候普通人会转换成神灵，有可能给你带来光照，也可能带来危害，它们可以互相转换，至少在某些情况下是如此。譬如你和一个人相撞，如果恶言相向，那个人动刀子把你杀了，那个人就从普通人转换成来要你命的神灵。这个例子要说明的是，普通人在某些节骨眼上就可能产生转变，成了某种神灵。我们常常看到路怒症，他本来是一个很平凡的人，但是他发怒了，他这时候有了摧毁的力量，就变成了摧毁一切的神灵。理解了这个空间的存在，我们才能保持一种稳定性，我们才不至于变成邪恶的神灵。当然，我们可以努力去让自己成为善的神灵，那些意志坚定的、怀着人类美好理想的人知道不可为而为之，他们也是神灵，比如特蕾莎修女。在现实中，怀着这样一种态度去面对生命的时候，我们才能够牢固地处于人的位置，也使我们不至于因不知道生命的存在而彻底地屈服于现实，被现实邪恶的力量所奴役，或者处于一个无知无觉的状态里。存在的一切都可能具有强大力量，哪怕它们处于幽暗之中。

我们必须要有完整的阅读，对世界有整体的了解和判断，最重要的是通过前人的思想和经验建立我们自身的价值立场和世界观。我不反对碎片阅读，但必须是在我们建立了一个完整的世界观，或者说我们内心已经有了一个世界的整体想象之后，把各种碎片化的知识吸收过来，使之成为完善那个世界的填充材料、丰富我们内在世界的材料。有了整体的世界想象之后，碎片就可以转换。我们的世界也是由一砖一瓦建构起来的，而这些碎片经验和知识就是一砖一瓦，但是当你还没有一个世界框架的时候，碎片并没办法给你带来任何建构的可能。那些"知道分子"或者没有立场的人，他们会随意摇摆，他们没有处理这些碎片材料的能力。

爱是倾听的前提，也是爱使对话变得有意义；是爱使对话中所隐藏的良好愿望得以敞开，让隐藏的那些美好的东西在对话中获得尊重、确认，并且参与到未来的对话建设之中。许多对话是因为仇恨或者想把自己的想法强加给对方，最终导致那些美好的事物在对话中被抹去、被扼杀，甚至变成了攻击对方的子弹。没有倾听能力的人，你也没法跟他对话，他的存在就是乏味本身，你说出的话就像打到虚空里的一拳。那种感觉让你厌倦，让你觉得没有意义；你的话题、机锋都会陷入愚钝的麻木里，你的见识会被无知的自以为是视若荒谬。我们也许已经练就见什么人说什么话的本领，但在乏味的关系里，我们更愿意保持沉默，没有意义的言说不如沉默。

在古典时期，东西方的哲学家们的见识各有所长，但后来西方哲学家们对于世界的认识和事物之间的关系的剖析要比东方哲学家们更加透彻，最主要是他们一直在发展，而我们却没有发展，而且往往还在往后看，明清时期的学者们都往训诂学走，而西方则在这个时期进入了现代的哲学体系，思考的对象产生了巨大的变化。他们对于理性、对于自由、对于社会的建构有着汗牛充栋的著述。而我们依然停留在古代的那些整体性的思考上，没有新的语言，也就没办法解决现在的问题，致使很多的问题被搁置。我们还像古代人那样在进行整体性的思考，而现代之后，他们已经在思考个体，以及社会怎么样去面对新的问题。而旧的那套话语使我们无法发现新的问题。

现代之后，哲学的转变激活了西方的古典哲学，亚里士多德就是到了文艺复兴时期被重新发现。其时亚里士多德在欧洲已被遗忘了千年，许多古老的典籍（包括亚里士多德的）通过波斯传回欧洲，才重新焕发出力量，最终激发出文艺复兴运动。

保持现实的平衡和内心满满的热情，是当下最好的处理理想和现实之间关系的途径、方法。保持内外的平衡，才能够让精神不被外在的生活现实所消耗、所绑架。现实有着巨大的消耗力量，当没办法跟它保持平衡时，它就有可能摧毁或扭曲你。我们既要跟它相处，也要保持警惕。保持平衡不是被它牵着走，更不是彻底屈服，而是在它之上建立我们的王国，或者说我们的诗歌就是产生于它的缝隙，既扎根于它里面，又从它那里开辟出一片更宽阔的天地。有人对现实生活充满抱怨，实际上他们是没有能力把握现实。现实有巨大的力量，是的，它肯定会让我们去遵守它的秩序，把我们的精力和情感都拖扯进去。但是，我们也必须有能力抽身出来，不被它彻底地裹挟着走，不被它同化。当下的生活是一种相当平庸的、乏味的生活，甚至有一些败坏的东西存在于我们的现实里。这就要求我们必须有能力从它里面抽身出来，这依靠的是意志和智慧。这智慧，包括处理方式，也包括想象力，我们必须有在生活之外保持着想象力的能力，才能够在现实之外开辟一片新的空间。

我们说"与万事万物的联系"，这实际上是一个象征。我们用这个短语时，说的是整体感觉。它基于我们的一种饱和感。我们所了解的宇宙世界可能不到整个宇宙的5%，在浩瀚的宇宙中，我们的未知之物比我们已知的多得多。所谓了解，所谓万事万物，也就是指跟我们已经建立关联的这一些事物、能够与我们的意识相通的一些东西。这句话实际上是指，我们有一种状态——能跟万事万物联系，就像我们古代说"天人合一"，指的是我们能意识和感受到世上存在着一种天人合一的感觉。

高质量的聊天会把人带入一个深邃的地方，并通过语言的牵引，不断往纵深处推进，平日里没有触及的地方，也忽然间在语言缝隙处被敞开。在沉默的个体日常中，我们也能体会到一种休眠的活力并没有离我们远去，但它处于弥漫的、无名的状态。当我们对话时，语言就能够带领我们到那沉睡的地方，通过语言把那片处于遮蔽之下的天地打开。

当你感受到生命的丰盈、内在世界的丰富，你就具有了强大的力量，无论面对什么样的生活都有一种生命的自足感。你感受到的生活不是剥夺，而是馈赠，你能够从容地置身其中，不断在这置身其中的生活中获得养分，获得滋养和时间。

每天一睁开眼，世界各个角落，大到世界格局，小到人心起伏，都发生着许多变化，仿佛只有自己还在睡梦重重之中，只有自己没有变化，这难道就是以静制动？当然，一切都是相对的。必须承认，有时反过来，世界没有动，而你自己已经地动山摇。这种地动山摇，有时只是你自己的感受，譬如失恋、被人一飞沫子溅到，当然也包括你岁月静好的奶酪被莫名其妙的人动了，于是你死去活来地纠结，这不是地动山摇吗？有多少人就在这现实的挠痒痒和内心的地动山摇之间迷失了自己，并从此把自己塑造成另外一个人。

　　所有的道路都可能是歧路。每一个人都有一条适合自己的道路，而且可能是唯一的道路，没有第二条。写作可能就是你唯一的道路，求道之路。世上有很多路，只有一条是你的，就看你有没有找到它，走向它。

　　能把自己的精神、灵魂的触角延伸到如此高远之处的人是极少的。现实嘈杂的声音早就把多数人敏锐的触角磨钝了，把他们内在的世界掩埋掉了，他们已经没法听见内在世界的声音。他们只能活在现实层面上，只能停留在现实的层面上谈论问题，无论所谓学术的、历史的、思想的，都建立在现实薄薄的一层功利的尘土上。

　　谁什么时候高高在上了？把自己做到最好，就是普度众生。释迦牟尼就是把自己做到了最好，如果他继续去当他的王子，或者去帮人家打扫卫生，或者去当个官吏，他就没有做到他自己的最好，何来的普度众生？把自己最高的可能性呈现出来，就是普度众生，就是创造世界。这就关涉到认识自己的问题。认识自己是很重要的事情。最重要的不是你说你要去做些有意义的事情，而是做最好的自己。但是，做你自己，你自己是谁？你要自己去加以认识，摸着自己去认识自己、做好自己。你说你没有才华，或者你的才华不够，不能去做某些事情，而是选择去做其他事情，这，一点问题都没有。因为你是从自己的本性出发，从你生命的最高可能出发去做事，这就没有问题。

　　如果现在不是谈论做什么的问题，而是你怀疑自己写作的意义的问题，是你写出来的诗歌的意义问题，那就大错特错。不要总是想问做事的意义，不要想着能不能作用于其他人，给其他人阳光雨露。我的回答就是做好自己，把自己的最高可能发挥出来、呈现出来，这才是真正的慈悲心。

在自己的生活之中，我从不问意义，我只享受每一件事情给我带来的快乐和挣扎，我愿意从容地、平静地处身其中。这些日常的生活是我的，这些行为是我的选择，我相信它在滋养我，给我活力，也在引领我，当然，有时也在羞辱我。我像接受已经处于亚健康状态的身体一样接受了它们。

在所有的日常中保持生命的活力，有时候必须用一点智慧来处理。日常就是你的一切，是你浸泡其中的大海，包含着无限的可能。它有无限的生长性，它会带你穿越时光，会带你成长为一个美好的人。

对日常生活不必患得患失，无论是痛苦的、欢乐的、乏味的、无聊的，你都要满怀热情去经历它。让你保有这种热情的原因是你的写作，你的写作是不可剥夺的。你所经历的一切，会许诺给你一个未来，许诺给你种种的成长可能。你完全可以愉悦地，至少是平静地、从容地置身于日常之中。生活可能包含着对生命的消耗，我们在生活中可能感觉到匮乏，这是生命历程中难以避免的经历，不用太过于在意。当生命足够强大时，这些负面的影响就会自行消失，因为所有的生活都包含着乏味、扭曲、异化，只要你有一个具有强大消化力的胃，就能把一切变成营养。

　　我关于日常的可能性的看法，你偏听偏信也不会有任何损失，因为无论多伟大的人都跟所有人一样，有一个平凡的日常生活。我仅仅是告诉你，在你的日常生活里面，存在着一个关于诗歌的空间和维度，其存在能照亮你的整个日常，让你的日常区别于他人，而这种区别能够让你的生命不断地往更加宽阔、美好的方向走。

荒谬的合理性

　　写下就是"我在"，就是对"我"的自我肯定。而来自有见地的人的肯定——当你的诗歌得到这种肯定的时候，你已经在这里了。这种对"我"的肯定，实际上只是他者作为旁证，印证了你对自己的认可，这就是踏实的支持。

　　很多东西不是非此即彼，一个行为往往就是一把双刃剑。有一幅非常著名的摄影作品：一个非洲小女孩饿得奄奄一息，一只秃鹫在她旁边等着她断气。这幅摄影作品获得了普利策奖，但也引起了很大的争论。这里面就涉及艺术伦理的问题。艺术最高的伦理应该是创造伟大的作品，因为这是社会分工的必然，没有摄影师按下快门的那一瞬间，世界也许不知道非洲处在那么一个艰难的境地。从现实功能来说，他这一张照片，使非洲的非常多的孩子得救，有很多人因此捐款、施以救援，作品唤起了人们的同情心。

什么是有见地？就是无论对方怎么变幻莫测，我们都清清楚楚地能够感觉到他（她）就在原地，从来没有走远，无论是此时此刻还是在那些狂热的时光里，无论他（她）以任何形式在表达着自己，我们都可以很明确地触摸到那一个不变的人。

向那些伟大的思想靠拢，又能够倾听自身生命的声音。也许我们这样的文化和生存力能产生一些既跟西方伟大的诗歌在同一个维度，又跟他们有所区别的诗歌和精神。听任自己的生命发展，只要生命足够地强大，就能够自觉地吸收养分，并且散发出光芒。

诗歌中展示的不是日常生活中的事物，而是一个广大的内在世界。我们面对的，也是一个既具体又被羞耻所塑造出来的新的世界，这些文字放在这里，每个字背后都有一个广大的世界。我们一直在目睹，我们在这个过程中能够保持清醒、愤怒和警觉。这就证明，我们的生命是活着的——活着可能成为生命最重要的意义。生命并不是用来改变世界的，这个世界并不因我们的意志而转移，而我们生命的意义就是在于活着。活着不一定是尽善尽美的，其意义是在于经历，在于体验这个过程。在这个过程中能够感受到生命是活着的，无论痛苦还是欢乐。每一个细节、每一个得失、每一个并不完美的过程，对于个体生命来说，它都是重要的。所以，不要过度企求尽善尽美。如果没有他人那些充满缺陷的东西，我们也不能够去意识到更完美的东西的存在。必须感谢他们，虽然我们可以去批判他们，但是，我们也是在他们的土壤之上往前走的。对于我们自身的缺陷和不完美，也必须抱着同样的态度。

荒谬感起于我们看到很多罪恶在发生但无法制止。我们看到了，眼睁睁地看到了。为什么大家都看到了，却无法制止呢？原因可能很复杂，从一个更高的角度看，这就是作为个人的无力。现在接收信息更加便捷了，我们会看到愚蠢、罪恶、暴力仿佛无处不在，而我们又无法去制止，我们只能置身于其中。这个过程对生命的觉悟所提出的考验会更加强烈。我们必然要在迷雾中警醒，启示自我，我们不可能在纯粹、美好的环境中独自成长，这已经是我们的命运。矛盾性的人是可信的，我们必然陷入脆弱、无可奈何和反抗、警醒这样的生命、生存之中，我们也必然是在脆弱、忏悔、痛苦和耻辱中警醒、自我完善，直至走向丰富。我们无法拯救世界，但我们能够使自身在批判和自我批判的命运里获得生命成长的可能，在这个过程中打开生命的空间。

从容一点，很多问题让时间来解决吧。时间的维度存在于生命里，它具有最强大的力量，它可以塑造一切。只要内心足够坚定，它就会朝着我们内心的那个方向去塑造我们的命运，我们的生命也会在这个过程中呈现它本来应有的样子。

为何关心远方的战争？战争的确没有发生在我们身边，但对我们未来的生活必然有重大影响，此时也考验着我们的良知、正义感和判断力。我们如此热心政治、战争的信息，是出于自身欲望的需求。必须承认，真真假假的信息充斥着媒体的版面，这些信息对吃瓜群众而言是一种消费性的东西，置身其中并不会受到任何滋养，但有提醒的作用，是它在反抗对现实生存真实痛苦的遗忘。

卷六

以有限性对抗必然的无限性

脆弱的自我拯救

这是一种面对自己的有限性无可奈何的笑声，我们在这笑声里默认并面对了自己的软弱。自身的软弱必须面对，无法逃避。面对自己的脆弱、承认自己的脆弱，需要一种勇气，甚至需要开阔的胸襟和自我认知的能力，这个笑声就是这种姿态。有些人在别人揭示他的弱点的时候，会勃然大怒，会生气或者逃避。而敢于面对自己的缺点，这证明内心足够强大，这笑声保留了自我拯救的空间。

对于命运的打击，实际上我们没有能力避重就轻，我们只能随波逐流，听任命运的安排，虽然我们一直在反抗，但是又身不由己地往下坠。这种随波逐流并不是妥协，而是一种担当，它顺应命运的安排，骄傲地以有限性对抗了必然的无限性。

我就是我，我一直活在欢乐之中，我不会去嫉羡别人，担当即照亮，尽人事、听天意。我也知道每个人的人生都有缺陷，生命是短暂的，短暂性是生命的本质。因此，我不期待它的完满。有一点获得，有一点觉悟，我就能够感觉到生命的喜悦，这样的有限性生命也是值得一过的。

生命能够激烈而不走极端，是因为我们看到了一种深藏于现实的短暂性的东西，看到了有限性作为本质存在于生命之中，看到了人平凡的身上，也存在着一种无限性——那种宽阔的东西，那是我们的心、我们的意志。有限性和无限性这两者都在我身上汇聚，形成了一个巨大的空间。内心中葆有这个空间，知道这个空间所处的位置，才能够对任何遭遇保持一种相对稳定的心态。

一个人知道自己的缺憾所在，并且能够欣然接受自己有所缺的事实，这就是从容。这样的人给自己的生命留下了接续成长的空间，也为生命保留了应有的尊严。而另一些人，常常陷入自己的规限中无法脱身，他们永远不知道自己的缺陷，在自己的缺陷和黑暗里，执迷不悟，被自己的匮乏和扭曲控制，这些人可能永远处于盲目和无知之中，他们的行为可能表现出来的就是一种愚蠢。

幽静之美

在个体的世界里，有些事物就必须处在幽静之中，没必要把它放到阳光底下来。是幽静养育了世界的多样性。每一个丰富的生命，都有幽静的生活，都要面对自己幽静的内心和需要。要求一切事物都必须彻底放在阳光下，这样的命令是无理的胁迫。

清白就像清澈的溪流中摇曳的水草，像春天枯枝上冒出的嫩芽。清白是脆弱的，我也曾经坚守着，并以它为傲。但是后来，我发现它在现实中脆弱不堪，而且对别人构成了胁迫。清白在现实中会被吹毛求疵，它总需要同样的清白来回应美好而柔弱的呼告，但它又改变不了现实，因为它的软弱和狭隘在现实面前不堪一击，甚至也把自己丑化了。我这样说，是在为泥沙俱下的生活开脱吗？

必须智慧地处理问题，选择一条自适的道路。但并非所有的路都是正路，很多路甚至是一条死路。如此看来，所有的选择都对你的生命张力构成考验。有些路子适合这个人走，但并不适合另外一个人走，每个人所能承受的压力不一样，生命的张力也不一样。但是，认识和丰富生命，总是在突破边界，它既要求我们不要走得太远，怕这个生命担当不起，又要求我们不能原地踏步，在原地就意味着处于匮乏之中。

布罗茨基说："我爱得不多，但爱得坚强"；欲求不能过多，太多了就会损害自己，会让人陷入与溃败同流合污的泥潭。但我们是通过自身的欲求、自身的过错来体悟人生的艰辛，亲切理解他人的缺陷，并在这个过程中学会宽容和理解。不过，我还是要强调：减少欲求。只有减少欲求，我们才能变得坚强。很多人在生活之中欲求过多，掉入了贪婪的陷阱，被这陷阱胁迫着沦陷下去。非常多不光彩的现象，事实上，都是欲求而导致的。欲求产生邪恶，而在各个方面都存在着邪恶的力量，它会利用我们的欲求，把我们裹挟进去。

纯粹、从容地活着的状态有一种妙不可言的通透感，但是，对现实必须保持一种复杂性思维。生活当然不是那么纯粹、那么简单，然而，心无挂碍、从容的状态的确不可或缺。生命是在悠闲中得以凝视那幽暗之物，得以发现、成长、丰富的。人是在悠闲中发现自我，与自我相遇的。但是很多人在这个方面没有机会，他们活着的空间非常窄小，在求生存、在世俗被规范了的程序上疲于奔波，他们作为人的目的性被取消了，只剩下工具性，从来就没有完成对自我的认识和建构。

很多人不理解属性这一相对恒定的东西，常常会被变化多端的运动表象迷惑，并被这个表象牵着走，在光怪陆离和变幻中患得患失，甚至迷失自己。当你能够牢固地抓住属性这一稳定的自在之物时，你就能够看穿运动的表象，从而达到对本质的把握和理解。

敞开的过程

总有企图弱化和扭曲我们生命的力量，而结果则取决于我们生命的张力。有没有足够强大的生命张力，会影响你是否能吸收养分，在困难中产生向上的力量，甚至在自身的命运里产生新的可能的效果。想想西西弗斯吧，他的世界可能性被压缩到极小，甚至连可能性都被取消掉了，只有不断推着石头上山的徒劳，但是他的生命依然能够获得力量、生机和希望。他的处境极其窘迫，永远只有推石头上山这一个动作，而且永远的绝望在前面等待着他。但在那里依然存在着希望，这希望不在那无望的终点，而在于毅力、生命的意志和不屈不挠的行为。在徒劳的重复中，西西弗斯的力量也在不断增长。

每一个人都有一个不为人知的角落，纵使我们全部敞开，坦诚地去与这个世界相见，但是最终总有一些被遗忘的角落就隐藏在这个敞开的空间里，不仅别人没有看见，自己可能也没看见。但它的确就在这个敞开的空间里，它属于我们自己，它存在于敞开的这个过程中，存在于敞开的世界里。被遗忘的角落是自我的有机组成部分，它对我们整个世界的构成而言是不可或缺的。

人在孤独的时候，总是变得更加敏感，内在世界也更加丰富。就像你说那句话的时候（"我们的道路高于他们"），你肯定看见自己独自往一个深邃、幽暗的世界走去的身影。作为一个普通人，你可能会渴望那一刻有人跟随，但是你发现，只有自己的影子、自己的背影。这时候，你的坚守和自我肯定，会让你体验到你的内在世界的丰富、敏感。如果这种孤独感在现实中用其他方式消遣掉，它会使你得到肉身和情绪的舒缓，但你的感受性和感受的丰富性肯定会被减弱，甚至会因无法感受而坠入遗忘的放纵。这种遗忘的状态是因为孤独已经没必要了，思考和感受的环境被消解掉、被取消掉了，它已经抽身出来，进入了遗忘的空间。这就是很多现代人没有深邃感的原因，人们太容易在生活中削弱这种孤独的体验，网络、交往的便捷把人拉入了情感的消费中。有时候我们必须感谢孤独，也就是那种得不到的期待，它会让我们的感受力和体验力加深、丰富，并且让我们能够更深刻、更富有同情心地去体验这个世界，强化我们在人类生活中的各种各样的经验。深刻的灵魂都产生于孤独。

热爱孤独、安于孤独的人肯定有一个特立独行的高贵灵魂，只有它才能够置身于孤独的世界里面。这个灵魂肯定是活着的，因为它还必须有能力深切地去体验周遭的环境，并且能够亲切地理解它自身的独特生命状态。如果它不能理解和体验它自身的状态，孤独感也不会产生。孤独，首先是一种感受、一种体验，而不是某种生命形式。

无助感的产生是因为你对外部世界还有期待，一期待，无助感就产生。在那个庞大的世界里，我们只是渺小的一个。但我们可以通过诗歌建立一种强大的生命感，我们也能够通过语言建构一个能够安顿身心的诗歌世界。我们的确对外部世界怀着期待，是的，我们既要怀着期待，又要有能力放下。我们首先要有能力安顿我们弱小的身心，让它不被侵害；而后通过语言、通过文字，去干预外部的世界，创建一个世界。但是不需要着急，要相信语言，它会慢慢在生命里发挥作用。在我们对外部世界无力的状态下，只要语言在，我们就能够保持一种安宁。语言的世界既是幻觉，也是实在。

不自由是生命的本质和常态，自由是我们追逐的方向，它或者就是我们内心的一个乌托邦，我们通过诗歌努力去呈现它。现实中，我们用理性和智慧去处理种种关系，使不自由不至于成为枷锁，我们也不愿意成为不自由的奴隶。

不自由和孤独都是生命的一种状态，也是生命的本质性。在生命过程中，我们时常通过这种我们并不愿意接受，但是要作为我们本质的生活来体验、理解世界，让生命在其中获得丰盈而不是匮乏的体验，获得对这世界和生命可能性的体悟，并在这过程中获得力量、强大起来。以此反观这颇有意味的来路，经历我们并不漫长的生命。

虚无的目标

不要执着于给自己定目标，你遇见的就是最好的。要智慧地处理生活，要有反抗的勇气，要建立自身的规则，就像尼采所说的，一切道德由我们自己重新评价。这就要求我们要学会智慧地处理、平衡一切相遇的问题。中国人讲中庸之道，讲智慧生活，实际就是讲怎么处理这些关系，不要成为某种唯一性的奴隶，比如说彻底的自由或者屈服于不自由，都是不可取的。我们必须警惕成为唯一性的奴隶，无论它是什么东西，罗素说他不会为信仰献身，因为他也不知道他的信仰是否正确。的确，我们的生命在对待相遇的事物时必须有一个柔软的身段，必须有一种丰富性，那不是妥协。

不要过度地执着于自己内心中的观念，不要过高地看待自己的一致性，而是必须以一种丰富性去面对一个事物、一个观念，以柔软的身段来处理事情。这不是投机或者妥协，而是以一种更丰富的、更深刻的姿态和方法来处理问题。你要亲切理解人作为矛盾性的存在，不要着急地把问题剔除掉、抹杀掉，虽然它对你的确有影响，但是如果你有足够的力量，就不用急着去掉它，要用耐心和智慧与它相处。在这过程中，你也许还无法觉察，但生命一直在不断成长。总有一天你会自己具备力量，不需要任何依赖便能成为自己。

在处理外部世界的问题上，总是会出现一种唯一的、单一的判断和选择，因为一出手就只有一个方向，但是一个人的内在世界是非常丰富的，当行为做出选择时，内心反对的声音已经响起。内在世界实际上是不被那个外在的判断和选择所定义的。

信任自己的内心就足够了，因为你的内心是高贵的、丰富的，你必须这样塑造和信任你的内心；这内心就是你一切思想和创作的源泉，而且它会在你的生活中面对你的现实，在千变万化的现实中被重新丰富、塑造并且从中成长出一个更加绚丽也更加高贵的世界。通过你的文字把它定格下来、创造出来，你创造的这个世界也会反过来庇护你。

有一种妥协主义，就是通过放弃上路来逃避路上的障碍。这种妥协是基于恐惧，是一种缺乏自我更新、自我完善的生命观。实际上我们从来不怕被辜负、被伤害，因为爱我们所爱，爱的过程就是拥有，无论以后是否受到伤害，生命也会因此而获得生长。纵使被在处理外部世界的问题上，总是会出现一种唯一的、单一的判断和选择，因为一出手就只有一个方向，但是一个人的内在世界是非常丰富的，当行为做出选择时，内心反对的声音已经响起。内在世界实际上是不被那个外在的判断和选择所定义的。

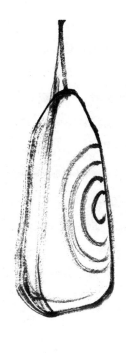

伤害，生命也能因此而变得坚强，如果这样，我们就有能力宽恕命运的遭遇。

与世界达成和解

你完全可以信任自己的生命状态和自己的生命品质，在你感觉创造力丰沛的时候，可以把自己封闭起来，不要被外部世界干扰、影响，去创作一批作品，这批作品也形成了守护你的、可以让你栖息于里面的世界。你会为你所创造的这个世界感到骄傲。这依赖你自身所蕴藏的光、丰富的能量，外来的唤醒只是一根火柴，把你点燃，让你自己看见自己。你是清楚的，他者的存在只是作为证明。

能够以爱和宽宥来面对周遭的一切，生命也在这个过程中变得越来越丰饶，这种丰饶的生命又能使我们更加美好地去体验一切的经历。丰盈的生命常常能够体验生命的妙和由此带来的喜悦，能够认识和感受一切事物的奥秘。这种体验和感受让我们对这个世界和生命保持着热爱和信心。不要为挫折而感到沮丧，这个世界会因为我们有这样的态度而变得有了生机和可能。

现象纷繁，不要盲目站队，我们需要的是追问：人的目的是什么？只有守住这追问的能力，才能保证一切逻辑的起点建立在美好的根基上，才不会被现实的幻象和巧言迷惑。我们的写作和行为就是在努力表达我们对人之目的性的思考。现实中我们有许多妥协，我们必须为此感到羞耻并承受我们的命运，难以有他路（消极观）。

做任何事情，怎么对待一个人、对待一件事情，我都在问自己：接受人文教育这么多年，我们写下的文字还有没有意义？我们写下的文字、说出的话不能变成扇向自己的一记耳光。我努力不让自己的思考、写下的文字仅仅落在纸上，或像一阵风，我希望它能够落实到我的生命里，我的呼吸、我的举动、我的所作所为。虽然，有时候我们会屈服于现实，但是我会努力剔除这种妥协。如果因为恐惧，因为无可奈何而不得不妥协时，我会为妥协而感到羞耻。

羞耻感简直是我们活着时一种挥之不去的状态。我们面对着现实，面对着恐惧和压迫，而无可奈何；看到他人的不幸，看到种种无法逃避的命运，而无能为力；看到自身在现实中的种种妥协，我们的心就必然摆脱不了羞耻感的纠缠。

虽然外在世界很强大，对人的精神和人格的塑造具有不可否定的作用，但我们也能体验和感受到人的意志、人的觉醒对这个世界的反作用。然而，只有某些强大的心灵才能挣脱社会和时代的束缚，从时代的强大惯性中脱身出来，成为自己。非常多愚钝的人，依然被环境塑造、愚弄。

对于个体生命来说，与世界达成和解是一种生命自足和强大的表现，就像死亡到来时能够从容面对。有时候我对这个现实世界是没有要求的，所有的美好我都能够与之相处，愿意拥有，而所谓黑暗、缺陷，我也完全能够理解和包容，人生正道即沧桑，我还有什么不能接受的？我还对这世界要求什么？我把一切美好的东西都当成馈赠，我不跟这世界争夺任何东西。不争，也就没有遗憾。我当然知道这是一种消极主义，但也是生命自律、自足的表现。

人类对各种运动的观赏，实际上都是人类体能退化之后的某种补偿。在远古时代，不奔跑、无法投掷就意味着死亡。对运动项目的观赏，就是欲望得不到满足之后的代偿，观赏者渴求张扬本能的欲望——肉体的舒展、生命的飞翔和繁殖的冲动，他们反抗累赘、衰老、停滞和死亡。所有舒展的肉体和精神都是美的。

有限之物已消逝，无限之物永在路上，和我们同在。这只能是一种愿望。生命是反复的，能够目睹自己的生命在萌动，在生根、发芽，能意识到生命的萌动，就知道活力的存在。无论走多远的路，遭受多少不理解和内在冲突，只要始终保持着对自己生命的信任，就能保持这份纯粹，依然可以写诗。充满矛盾性的人是可信的，人性过于单一化的话，要么是脆弱的，要么有偏执的成分包含在里面。具有有限性的生命会常常陷入反复的焦虑里，但是活着的生命绝对能够抽身出来；焦虑会在我们的生命里，随着年龄的增长，随着智慧的增强，慢慢地消失，从而获得永久的宁静。

同流合污也许是最容易活的一种方式，但同流合污就是被同化、被异化。不愿意同流合污，就必须有智慧。然而，生命要壮大就必须经历复杂的生活，这样才能够更深切地体验美好所承载的内涵。去寻找那纯粹的东西，就必须置身于混乱之中。真空中的纯粹一文不值。

那些复杂的经历、应对事情的权宜之计，还有经历的无奈、矛盾、痛苦，甚至谎言，这些都会加深你对纯粹的理念的理解，丰富它的内涵，让你更深切地体验你所意识到的那些美妙的东西的可贵性和不容易。这就是"光把大地化成了光源"，你必须有足够的感受力、体验力，以及向善的意志。不要逃避对复杂性的经历，只要心不变，在现实中保持复杂的生活，保持活力和喜悦，内在纯粹性就不会被改变。纯粹保留在丰富的经验里，只有复杂的生活能够给纯粹提供活力；如果纯粹缺乏深邃的复杂性体验，就滑向了匮乏和扭曲的境地。老子说：智慧出，有大伪。在现实生活中你就必须有智慧地生活，没有智慧，你就必然粉身碎骨。而智慧出，有大伪；妥协、以退为进、隐藏你的锋芒，甚至忍辱负重，这些手段在现实中具有保护的作用。中国人还有一句话：留得青山在，何愁没柴烧。同流合污也许是最容易活的一种方式，但同流合污就是被同化、被异化。不愿意同流合污，就必须有智慧。然而，生命要壮大就必须经历复杂的生活，这样才能够更深切地体验美好所承载的内涵。去寻找那纯粹的东西，就必须置身于混乱之中。真空中的纯粹一文不值。

超越被定义的命运

随着年龄的增长，我们会越来越进入精神生活，就像我的诗歌，越来越压制情绪性的表达而进入思辨的世界。我们曾经有欲望，成长过程中欲望就像助燃剂；如果过度纯粹、道德化，生命也可能像一棵缺乏营养的乔本植物，在扭曲的观赏中矮化成一座盆景。

有时候我说话的语气不是很连贯、断断续续，这是因为我在选择词语，在体会我的思考到达了哪个层面，并试图弄清将要展开的话语范围包含着什么内容，以及接下来要表达的意思、它与上个句子之间的关系。在那一瞬间有这么多事情要处理，我怎么能够流畅得了？那些讲话流畅的人，都是在讲他们早已烂熟于心的东西，而我每一次开口，都是一次新的开始，我不喜欢重复同一个话题。这种选择，就使我对每一个词、每一个话题的维度和方向，都需要进行斟酌。我在说话的时候，眼睛会快速地眨巴眨巴，眼睛眨巴是一个下意识的动作，也是说话不流利的表现。说话时，我时刻在选择，在判断。说话时的选择是个复杂性行为，要准确而丰富地表达，事实上是艰难的。俗话套话让人乏味，那些从口中吐出的词语必须带有体温，必须是人生经验和思想的结晶。我的语言虽然有点结结巴巴，但是听者应该能够感觉到我的真诚，我是调动了我的心和所有的知识、感知在组织语言。我说话的时候断断续续，是因为我在寻找与我内心感知到的世界对应的词语，在词语的缝隙间，我的思考和感受需要转换和呼吸。

我们无法确定我们在多维度的空间里穿梭，会不会丢失我们的信仰。我们能确定的是我们信任它，并且用智慧、力量在这两者之间生活，去目睹它们之间的冲突、它们之间的撕扯。我们又必须有能力去调和它们，而不被它们形成的漩涡所吞噬。

信任就是爱，就是对人性的善和有灵性的生命的确切性的确认。如果我们不依靠这种灵性的善的确信，一切都无从开始。我们也无从去判断、去理解事物，以及我们的人生、这世上的善恶。我们只有依靠生命的灵性，相信它，由它引领我们去打开生命的空间，以这样的生命去与外部的世界、现实，及更高的梦想打交道，让我们的生命置身于不同的空间里，并在这个过程中走向完美、走向完善。

事实上，我们无法确定我们做的事情的意义，也无法确信我们走的道路就是绝对正确。我们只能不断地走，在不同的空间穿行。但是，重要的是我们必须保持活力，必须信任我们的灵性，信任我们的爱和热情。只有我们的爱、热情以及存在于我们生命中的灵性是为我们所拥有的，没有其他。我们不能证明我们走的路是否正确，这一切只能交给时间去判断。因为我们有诗歌，所以我可以这么说；如果没有诗歌，我不知道我还能不能这么说，因为诗歌至少是灵性、想象力的证明。如果没有灵性和想象力的存在，如果一个生命活在蒙昧之中，那一切的听天由命，只会导致最后随波逐流。

克尔凯郭尔说，选择就是"纵身一跃"，我们不知道这一跃底下是深渊还是平地，我们不知道我们会到哪里。但是作为一个具有自主性的人，你必须做出选择，没有第二条路，而且没有人能够告诉你这个选择是正确的还是错误的。

生活之中拥有的不全都是欢乐，也有痛苦、失落、遗憾，这些感受、情绪一直伴随着生命。用心去面对所有的日常，面对我们的一切行为，不要把痛苦、遗憾孤立地拿出来品尝，而是把它看成生活中不可或缺的部分，并且欣然接受。

一个事物，包含着美好、欢乐的一面，也可能会包含着痛苦。有些人可能只看到了表象，而无法进入事物的内部。无法穿越迷障，看不到它背后的活力、希望，看不到它所蕴藏的深邃的东西。很多人无法欣赏生命的过程，只陷于自己的愿望和想法，被自己的执着牵着走向了迷途。

看不到行为背后所蕴藏的活力和美好的东西，看不到痛苦背后所带来的生命的活力和希望，那就只是停留在事物的表象和片面的问题上。必须置身于整个生命里面，才能看到事件背后所关联的生命状态。很多人容易置身于痛苦，总忽视一些关键性的东西，无法去感受整体的生命。

人必须努力去超越被定义的命运，必须不断打开自己的内心，去体悟生命的可能。日常的定义常常建立在利益之上、现实之上。一个具有超越性的生命就必须从这些定义中脱身出来，以更高远、更博大的胸襟来承受、来面对生命，从容地享用生命的盛宴，让生命在这个过程中抵达更广阔、更高远的境界。这样的生命才能超越肤浅，显示更强大的力量，也才不辜负我们拥有身体的这个过程。

不断地去追问：生命是什么？可以到达哪里？这两个问题是交叉着的。不断地追问，就能够不断提升我们对生命的认识。生命是被文化和环境所塑造，但归根到底是被文化所塑造。我们要懂得选择塑造我们的文化，塑造我们的文化必须具有超越规范性的东西，甚至超越现有的政治、宗教、习俗、习惯这些强大的固有之物，以一种更广阔的眼光来看待时代。而要学会善待自己的生命和日常，就必须有能力超越规驯生命的文化。虽然我们是具有有限性的人，我们常常陷入现实的窘迫困境，但是，我们又能够不被它限制，学会从困境中吸收养分，体验生命的可能，并且以苦难作为基石，让生命往上抬升。

只要我们不打算拥有任何东西，并且保持向历史、自然、人类以及一切伟大的思想致敬，保持开放性的学习态度，这个生命就会有无限可能，会不断打开一个个空间，能够从容地去对待生命中所发生的一切事情，享受它们。如果我们真正懂得一切都是会消失的，无论是多么珍贵的，抑或是多么痛苦的，它们都会消失，那我们就可以从容地去接受一切降临到我们身上的事情，也就能够从容地去面对一切，爱情、权贵、金钱，甚至包括我们的身体。我们既置身于这些东西之中，又能够抽身出来，去创造生命的可能。

看破生死、看破富贵，但是我们依然要珍惜它们。命运有一天降临了，我们要有能力欣然接受，又不被它困扰。这世界非常神秘，我们置身于自己的命运和身体之中，此时拥有，就必须珍惜，并且享用它。享用的意思是说，借用它去体悟更广大的世界，因为没有它，我们也无法去体悟其他事物。这些微妙的体悟，构成了另外一个世界，这个世界更加广大、更加欢乐，也更加强有力。但是这个世界极少人能够体验到，需要借助语言把它传递出来，把它描述出来，把它建构出来。生命只要有足够长的时间待在这样的世界里，就会非同一般。

在你抵达一个高的生命境界后，往后的时间就算只是在那里重复，也不用有任何焦虑，没有永远的前进。不断地重复那个世界，那世界就会越来越清晰。在这样的高度，每一次写作，都是一次呼吸；通过一次次的呼吸，我们就会看到生命起伏的波纹，看到它的变化。世界的皱褶、世界的细节不断地叠加，这世界就会越来越丰富。

生命就是馈赠，我对生命时常感到欣喜。我们能够置身于一个轻松、愉悦的环境，能够去思考、写作，这就足够了，至于其他的得得失失实在是不重要。如果有什么意外的收获，也可以欣然接受；如果愤怒，也不是因为自身的得失，而是因为看到了在我们周围，依然有野蛮和不公的存在。

自己是自己最好的老师，但要成为自己的老师并非易事，你必须有强烈的学习愿望，并且又能吸收养分，能够不断自我否定、自我提升。你必须把学生和老师两者都融入到自己的生命里，才能够不断地自我纠正、自我学习、自我提升。只有做自己的老师，才能真正把知识、经验和感受力进行新的组合，内化到生命中。只有这样，才能真正对生命起作用，才能引导我们的日常。丰盈的生命没有目的，不期待，只是随着自己的心性去做事情，因为所有的目的都是对可能性的限制。目的太过于清晰，边界就坚硬，只有把目的去掉（但要有方向），让它自由地生长，生命才充满了可能。

孤独就是自我对世界的填充和丰富，当足够孤独的时候，世界就只剩下你，你就是世界。这时候，自我的张力非常强大，它能够调动所有积蓄在生命中的能量，去创造意想不到的东西。人在孤独中，就会跟他内在的世界对话，越对话，就越清晰；非常多沉睡的思想，就会被唤醒、被创造出来。丰饶的生命的内在世界充满着可能，充满着奇迹。当那些沉睡的思想、意象被召唤出来的时候，就可能以一种出人意料的创造物的形式馈赠给这个世界。

不断去追寻和建设内在生命，追寻我们所热爱的事物。我们只要热爱它们，就跟我们的生命、跟我们的时代互相呼应。在私人领域，无须质疑它的好坏，也无须过度去判断，只要是从你的生命里迸发的东西，就值得你去追寻。我们曾经喜欢过充满激情的生活，它蕴藏着不断拓展生命边界的力量。但是，当环境趋向于平和的时候，那些柔软的、更宁静的东西会重新被我们喜欢。这就是不同社会环境下，不同的价值、气质和不同的选择会占据不同的位置，而我们只守护自己的内心，不被潮流所动。

孤独是跟喧嚣对应的，孤独事实上就是逃离喧嚣，逃离尘埃，远离那些恶俗或者乏味的东西，至少在心灵上不被影响，不被干扰，保持着一个个体生命的独立性。孤独是一种独立性的表现。

　　富有激情就是对事物保持着持续的专注，这种专注越纯粹、持续时间越长，越能抵达那幽暗、深刻的地方。越发现那幽暗的地方的深刻性，激情就越强烈、越持久。激情不是一种情绪。情绪的本质是短暂的，是一种躁动，这并不是激情的本质。对一个事物保持持续的关注，这种热情就是取之不尽的源泉，它会不断地发酵，不断地制造问题，带动情绪，让你随着它舞蹈，让你的遐想飞翔起来。

　　不要总是想着要很纯粹、很坦诚地面对这个世界。面对着琐碎的生活，面对着充满张力的世界，我们有必要保持具有复杂性的态度和多样性的应对方法，必须有能力面对纷繁的现象。有些人看到的是这一面，有些人看到的是那一面，而对某些人呈现的这一面，也并非事实的全部。不要固执地认为自己所掌握的才是真实，其他的就不是真实。

　　别总是觉得自己没有把最彻底的想法暴露出来就是不真诚，生活中，你必须以不同的面目出现，对不同的人示以不同的面目，这也是真诚的，也是你真实的自我。把那最真诚的东西露出来的时候，别人可能也看不清楚，甚至不相信；那个所谓真诚的东西对别人来说是可疑的，这就使真诚在这种不对等的关系中失去活力。如果他人只有一个面、只有一个空间，你就只能在那一面、在那个空间跟他们对话；而如果另一个人的内在世界同样丰富，有多个维度、多个空间，那么对你的每一句话，那个人基本都能知道你是站在什么角度、什么位置说的。

当一个人有了丰厚的思想基础、知识视野和坚毅的意志时，那么苦难、艰辛、挫折、不幸都可以化作生命的养分，给生命的深刻化提供一个广阔的世界。

在复杂的犹疑里面保持着一种纯粹的执着，就像在漆黑的夜里擎起一盏灯。我们经常在描述的是那盏灯，而不是漆黑的夜空。当我们在谈论纯粹事物的时候，事实上，我们对复杂性已经有了深刻的体验，因为我们就置身其中。

不要用静止的、绝对性的眼光看待此时的选择和坚守。我们所思考的、所做的事情，肯定不是终极的，也不可能是绝对正确的，甚至不够深刻（人类一思考，上帝就发笑）。我们是具有有限性的人，我们所进行的思考就是一个有限的人的思考，但我们的体验和感觉的真实性不可否认。如果将来有一天我们有新的认知，推翻了自己，但现在这个过程也依然非常重要。没有任何声音能推翻它，只有我们自己。纵使将来的否定，也不能证明现在的不真实。不要担心自己做得不对，或者方向错了，要相信自己的判断。现在是未来的阶梯。毕竟作为一个有限者，投入地付出了努力，这个过程就使你成长、变得丰富。

人心应该不断走向强大，然而，在强大的内在里，可以、也必然包含着一定的脆弱性，这种脆弱性就是人心温柔的部分，当然也是狭隘的部分。保持适当的脆弱性和狭隘，人会更加真实，这就是人性。但有些人永远活在狭隘和脆弱里，那些怯懦、贪婪、占有欲、霸道过于强烈作用于内心，也是脆弱。心被脆弱所统治、扭曲，这种人在世上只是听任本能的奴役。这样的人缺乏强大的理性和穿透事物本质，把握规律的力量。作为人，我们身上不乏脆弱性、占有欲这些东西，偶尔表现出来，是人性；被彻底占据，就是奴隶。

从本质来讲，人活着的目的并不是进步，而是自我圆满。活着，就是消化一切物质的、精神的食物，有营养的，甚至有毒的，都加以消化，并以此养育我们的身体、思想，增强自身的抵抗力。活着，就是与自己相遇，就是行动，遵从内心，保持内心的自由。内心的自由也有危险，但我们依然必须按自己的本性去生活，尽量把内在的和外在的问题智慧地处理。活着就是让自身变得更加丰富、更加深邃，使自身获得圆满。

必须面对人的有限性，去做作为具有有限性的人所能做的事情，这就是作为人的尊严，也是作为人的妙处所在。我们去体验那美妙的东西，去经历那美妙的事情：美的创造、欢愉的发现、爱的守护，这些都是美妙的事情，人的一生就是这样去与这些美妙的事物相遇。这相遇就是我们生命的欢乐，也是生命的全部意义。

我们就在前人的基础上，继续去发现、探索，继续与新的事物

相遇，这样，我们的生命就绵绵不息，不断向前推动。作为有限性的人，我们肯定会有尽头，有无法逾越的边界，但是这也没关系，因为我们是被命定之物、被规范之物，我们就活在有限性里面。正是因为人类的有限性的存在而使宇宙更加丰富多彩，也更加妙不可言。如果没有人类，宇宙将非常寂寞，并有巨大的欠缺。人类"纵身一跃"的选择，就创造了另外一个平行的宇宙，它同样广大无边，同样妙不可言。

修炼到佛的高度，并把那个世界呈现出来给世人，这行为也是在拓宽人类的生存边界。这种结果对具有有限性的人来讲，是个幻觉。地藏菩萨说只要这世界上还有一个人在受苦，他就不成佛，这才是真正具有有限性的人所必须担当的命运。所以不用过度担忧幻觉或某一种状态会给具有有限性的人带来负面的影响，有限性世界自然有其不可逾越的边界。

有一年我去塔尔寺，住在一位喇嘛的院子里。第二天早晨聊天时，他问我昨晚有没有做梦。我说，做了，但没记住梦的内容。第三天早晨，他又问我有没有做梦？我说，做了。这次我清楚地记得那个梦：人类末日，洪水滔天，人们衣衫褴褛，为躲避洪水爬到树上、屋顶上。洪水滔滔，从身下涌过。但这一刻，人类还在不停地交媾。那天早晨，我在做完这个梦之后醒来。天已经亮了，其他人还在睡觉。我推开院子的门，走到院子外。刚过去的那个夜里下了那年的第一场雪，空气凛冽，静寂无声。此时，雪已经停了。院子外面是山坡上开挖出来的路，路蜿蜒曲折，向山坡上扭动着身子，消失在其他屋子正是因为人类的有限性的存在而使宇宙更加丰富多彩，也更加妙不可言。如果没有人类，宇宙将非常寂寞，并有巨大的欠缺。人类"纵身一跃"的选择，就创造了另外一个平行的宇宙，它同样广大无边，同样妙不可言。

的拐弯处。路下面是陡峭的山坡，对面是裸露着山石的灰褐色山体。石头山现在已经被雪覆盖了，呈现出白茫茫的样子。我刚从蛮荒梦境中醒来，此时面对苍茫的山野，内心非常宁静，作为人的主体意识十分清晰，在肃静的群山和寺院起伏的屋顶间，我作为一个人和它们融为一体，但我具有强烈的人的意识。忽然，一个愿望从我的心里不由自主地升了起来，像天使头上确定无疑的光环：我必须为我的同类——这渺小的人类做点事情。这一念头明确地告知我能做的事情就是写作，它要求我把我的生命感受、我对于我们可能的更有价值的生存想象通过语言呈现出来。当然这很渺小，意义也非常有限。后来任何时候想起来，我都觉得这可能就是我作为人类里面一个生命所能做的事情。由于这个念头，我的内心感到安宁、喜悦，没有任何畏惧。

孤独是走远了的人的一种生命常态，它既是受苦，也是享用。生命，既需要享受，也需要分享；写作无论以什么形式发表，本质上是一种分享、一种馈赠。人类从整体来说是需要分享的，孤独只是个体的体验。对于个体生命的本质来讲，并不需要与永恒竞争，因为它是短暂的、渺小的，是容易消失的。但是人类正是借助这每一个个体的"纵身一跃"，经由他们的选择和创造，获得了延续的可能，获得了对自身空间的拓展的可能。

当生命上升到更高境界的时候，现实中那些人们津津乐道的参照物——譬如名利、地位、金钱——就消失了，就不以那些东西作为判断标准了。此时生命就会走向一种更加广阔的境地。这是必须有强大体验力和想象力的人才能够体验的。如果没有这些走得更远的人，所有的人都被现实的利益、现实的得失所规限，那么生命就永远处在狭隘和暗淡之中。

必须保持生命、生活的活力。所有日子肯定都有痛苦、有遗憾、有妥协，也有不屈、有舍弃、有获得，这些东西任何时候都融在一起，就像一个搅拌机，生命就在这个搅拌机里经历着、体验着。保持着觉醒，目睹生命在日益成长，怀着喜悦，怀着勇气、希望去面对我们的生命状态，形成自身独有的生命形态。这种经历，就是享用。这不就是斯宾诺莎所说的"我们感觉和经验着，我们永恒"的生命吗？这就是生命的目的。这种经验可能就是我们生命的全部。

享用生命，让生命的所有历程变成一个盛宴，那生命就是值得的，也是极致的。虽然生命说到底并没有太大的意义，但是，这种享用，就是健康生命的体现，这应该就是生命的正大。把这生命发挥到极致，张扬它的想象力、认知力、创造力和意志力。

谈论文化的最高可能就是想突破当下的文化极限、生存极限和想象局限。教育如果不是传播知识和真理，不着眼于丰富人的目的性而着眼于人的工具性，这样的教育就沦为奴役的工具。这种教育下，许多人的文化资源和思想资源必然是匮乏和扭曲的，有非常多腐败的东西，比如精致的利己主义、得过且过、安逸、对终极追求的放弃，这些思想无不时刻侵蚀着人的灵魂。我们可能还不知道最高文化在哪个地方，但意识到这个维度的存在，就有利于在朝向新的可能的方向上追寻新的世界的建构。

不要忌讳讨论伟大的心灵，只有敢于谈论伟大的心灵，才能保证这世界还没被渺小和庸俗所统治。实际上，消费时代中关于伟大心灵的想象早就被庸常所剥夺、阉割，所有人都以小人物自居，以小人物心态来度量和思考一切问题。而像一个伟大的心灵一样思考，就是向平庸吹响反抗的号角。一个写作者，必须在平常的事物之间，保持伟大的心灵的投影，因为有什么样的心灵就有什么样的世界。

向外寻求存在的证明是脆弱的表现，但是作为有限性的人，我们常常会陷入这种脆弱性之中。真正的强大，是在历史中、在先贤身上找到呼应，而不是跟当下的这些狗苟蝇营的短暂之物，在名利、地位、掌声之类上寻找存在的证明。这些虚妄的东西都是没有经受过时间的考验的，都是易逝的，它们的证明常常是无效的，依赖它们，就每天都得陷入无穷无尽的证明里。而以历史中的那些存在物作为呼应对象，要相对稳定得多。作为一个个体，以稳定之物作为参照对象，就不会太容易摇摆，也不会太过于脆弱。

无论我的存在在现实之中对另一个人有多大的意义，依然是属于短暂之物。跟历史之中的那些先贤、那些伟大的心灵相比，我们都是有限之物，因为我们从来没有被时间考验过，也经受不起时间的考验，无论是肉身、情感、思想，都经不起时间的考验。在现实中面对一个人，总难免会有一些失落。

丰盈和匮乏既是一个事实，也是一种生命的体验。获得上天的恩泽和馈赠，可以帮助人超越匮乏而抵达丰盈。生命的原初既不丰盈，也不匮乏，它处于生命的空白处。社会生活使人处于匮乏之中，此时需要看透它，经历它，生命不能被它定义，就像释迦牟尼佛觉悟到人生一切荣华富贵都如幻影、如泡沫一样，必须经历对匮乏的超越才能够觉悟。但有些人可能越经历世俗的物质生活，就越成为饕餮之徒，越难以满足。

有人因自身的条件，永远处于匮乏之中，可能这就是心比天高，命比纸薄。自身的条件、自身的问题，使他没办法获得他想得到的，这就使他一直处于饥饿和匮乏的状态里。要超越自感匮乏这种生命状态，必须有自我满足的能力。有的生命可能只需一滴甘霖就能滋养它，使它丰满；有的生命可能无论拥有多少，都仍是处于匮乏之中，这跟生命觉悟的能力有关。有人觉得唤醒需要一个理想的对象，这其实是过于强调外部的条件。觉悟不是一个静止的状态，也不是基于某一个固定的人；怀着一种固定的想法，这是自身没有能力去自我发现的体现。唤醒之物绝对没有想象中那一个东西、那一个对象。如果固守这个想象，那就是自己没有发现的眼光。事实上，唤醒的对应物，不是源于某个固定的存在，而是一个发现的，甚至是促使双方互相发现、发展的过程。

任何激情的东西、纯粹的东西，都经不起日常生活、世俗生活庸常日子的考验，日常会把这纯粹的激情稀释掉、扭曲掉、摧毁掉。激情和日常这两样东西就是不能在一起，短时间的、偶尔的相伴，是可能的，但不会是常态。刷个牙，拉个屎，这些都会与激情产生重大的冲突，它们最终会上升到本质性的冲突。

现实中是不能安放灵魂的，灵魂只能在一个幻觉里。

对于这种状态的接受其实就是我们已经默认了我们生命的有限性。我们必须承认，人生正道即沧桑，人生必然存在着欠缺和遗憾，但是我们有能力去接受它。这不是妥协，而是对必然的接受。情人们走到一起，但是日常的生活依然会把这份激情、这份默契、这份欢喜磨灭，会让这段感情陷入柴米油盐的平庸里。感情的鲜活可能，恰恰保存在缺憾里。这里再次强调，恰恰是欠缺，保存了情感的活力。

保持相对独立

在生活之中，我们都有苟且和妥协的一面，这是生存环境和所谓的平常心、庸俗心导致的，更重要的是我们缺乏个人的独立性和完善自我的文化和精神。宗族文化、物质欲望和世俗的规则极其强大地笼罩着我们的生存，还有我们从来就害怕谈论伟大的心灵。这些使我们深信世俗的规矩、人生理念里不需要独立的人，不需要有创造力的人，不需要勇敢的人，不需要对自我的生命的完善，而只要求一个人遵守规矩，以宗族、集体的荣誉来牺牲个人。这就导致

　　我们必须承认，人生正道即沧桑，人生必然存在着欠缺和遗憾，但是我们有能力去接受它。这不是妥协，而是对必然的接受。情人们走到一起，但是日常的生活依然会把这份激情、这份默契、这份欢喜磨灭，会让这段感情陷入柴米油盐的平庸里。感情的鲜活可能，恰恰保存在缺憾里。这里再次强调，恰恰是欠缺，保存了情感的活力。

了我们难以去完善自己，甚至遗忘了自己。

保持相对独立就行了，如果全面挑战现实规则，彻底抛弃它，在一个封闭的地方，人会非常孤立，会难以承受，背后可能还有人指指点点，甚至各种迫害接踵而至，把他逼疯。追求绝对的个性，就像在暴风雨的黑夜里孤独行走，会活得很艰难。如果在开放的城市，可能还有透气的机会，甚至还可能找到一些同行者。在当下，还是必须智慧地处理生活，才能给自己争取到最大的空间。

我们都在野蛮生长，从书本里获得成长的养分，具备了某些优良的品质，更重要的是我们从大地、泥泞的小道和大街小巷里获得成长的动力。这可能是一种生命本能的选择，这种本能使人在贫瘠的环境中不至于走得太歪。但显然营养不良的基因也扎根在我们的生命里，所以，也很难走得更远，但依然可以看到一种生机勃勃的生命力从未从我们的身上抽离。我喜欢用"不屈不挠"这个词来描述我们的生命状态。我们成长的土壤相对贫瘠，会走很多的弯路，肯定也染上了一些陋习，带着这些陋习跟现实、跟自己的命运对抗。也许就是因为这种生机勃勃的生命力，才使我们能够在岁月中不知不觉地成长壮大。但肯定也会带着先天的一些缺陷，难以超越。

时间流逝之后，我们就留下了自己，留下了自己这一个人，这一个人就是一个世界。有非常多琐琐碎碎的事，并不重要，它们的确在生命里纠缠不休。有些人通过这种纠缠不休，让自己的生命变得锐利，有些人则把它剔除掉，让生命变得宽阔，这是两种不同的生命，就看你怎么样选择。我愿意选择后者，因为我也知道，我们什么都留不住，包括漂浮的情感、实实在在的肉身、我们占有的物质，这一切也将不被我们拥有。我愿意以一种从容的、豪放的态度去面对这些东西。我曾经也想要全部，包括美好的感情，那时就像眼睛容不进一粒沙子一样。但这些东西虽然很纯洁、很美好，事实上非常脆弱、狭隘。现实之中它们总是留不住，很容易消逝，很折磨人。在拥有的那瞬间人可能会迷狂，会如痴如醉，这也让人变得狭隘，让人在痛苦之中挣扎。但如果彻底失去它们，空洞的感觉会吞噬人的灵魂。爱是相互的馈赠，而不是占有，唯有如此，爱的情感才变得更加美好。它是对对方的信任，也是对方存在的证明。

人间的爱，必然带着阴影，带着恐惧，因为人一爱就害怕失去，害怕就是爱挥之不去的阴影。去爱人带来无限的动力，它也会召唤我们，让我们变得更加美好、更加强大。爱必须上升到爱而不索取的层面，这时候，爱的阴影就消失了。但是这对一个人的要求非常高，他必须具备优良的品质和把握自己生命的力量，只有拥有这两者，爱才能够从阴影中脱身出来，成为纯粹的爱。

要有不断追问的能力，这样我们的思想和思维就会像一个钻头往问题的深处延伸进去，也可以像旷野中的道路一样往四面八方生长，就能够触及问题相关的方方面面，就能够深刻地、清晰地把握我们所思考的问题。

必须有面对生命的本质的勇气。如果有意外和惊喜，我们就把它作为一种馈赠，好好珍惜，好好培育它，让它开花结果，让它引领我们走向丰富，让生命在这种奇迹般的相遇中长得更加丰盈、更加有力量。面对着局部性或当下的问题，所有的愤怒、悲伤、绝望都是徒劳，永远改变不了现实。悲剧此起彼伏，必须面对本质性的问题，才不至于陷入琐碎的纠缠之中。但是我们无法、也不可能不去触及当下的问题，所以我们局部性的悲愤、对局部性问题的愤慨，都是自作多情、一厢情愿，甚至有时候还成了逃避本质性问题的迷途、掩盖本质问题的烟雾。过度纠缠于现实没有价值，会感觉自身就像被当猴子耍一样。但是，彻底地逃避当下的悲剧性，必然成为平庸之物。

一个人的存在在日常的生活里是游离的、不成形的，只有通过写作和有目的的个人行动，这个人的形象才存在，才成形，才能凝固下来。写作的专业性精神使人的形象凝聚起来。在日常生活中，人就像飘散在日常惯性中的气体，随外部而变形，没有确定的形象。写作就是强调对某样事情的专注，不是说只有写作能拯救生命，而是写作把精神注入专注的事物里面，并让个体生命在文字的流动中凝聚起来。

如果把创作当成职业，就需要大量的时间进行阅读和写作。生活之中的任何时刻，都可能是在观察和体验，纵使置身于庸常之中，也可以抽身出来成为旁观者，这样生命就多了一个维度。只有把写作当成一种事业的时候，人才会成为一个不一样的人，才真正从日常抽离出来，有了一个更高的视角去对待生活、生命，对待置身其中的日常。

虽然说是立足于个人的生存、个人的生活，但是用一种什么样的目光和姿态来面对生活，就决定了你的生活的样子，什么样的人就有什么样的生活。别以为你的生活就是一个真实的、固定的、客观的生活，并不是的，是看你怎么去看它。不用持客观的、固定的生活的观念，生活也并不是这样的一个客观的经历。你所认为生活给予你的，是被你的内心、你的生命状态、意志所描绘、所塑造的，它所给予你的可能是你感受到的相反的东西，而你把它遗忘了，或者它所给予你的没有在你的生命里起作用。所以，更重要的不是说你面对的生活怎样，而是在这样的生活之中，你能否产生更强大的力量和更美好的想象，并且努力去改造。

真正孤独的灵魂所体验到的是跟历史中伟大的灵魂结合在一起的孤独。他亲切地理解身边的人，又具有宽阔的时空感。这种孤独包含着一种喜悦和悲悯的情怀。

我们的肉身相对于生命的本质，就是如影、如幻、如泡，而日常生活中的得得失失、恩恩怨怨诸多情绪，相对于我们的肉身，又是如影、如幻、如泡。

生命中的觉悟者首先只能照亮自己，然后再通过时间的放大器去照亮别人。古代的那些先贤，也只是照亮他自身，最多就影响周边的几个人，但随着时间的流逝，通过传播，把他的声音放大，把他的身影更加清晰地呈现出来，照亮了更多的人。

　　珍惜时间、对生命有焦虑感，这种状态会使时间的密度增加。这种因珍惜而着急的心情也是美妙的，因为它会让你体验到一种生命的紧凑感，它也会使你像一块海绵，不断地吸收任何与它接触的养分，这样，知识和求真的消化能力也会增强，知识会更容易就作用于生命。很多人读书是白读，读完之后无法作用于生命，而这种生命紧迫感，会使知识在生命里的作用就像酵母一样，使生命噼噼啪啪膨胀。

　　"比起成为诗人我更想成为圣徒，我也总觉得我的人生是在朝圣，成为诗人不是目标。"这句话来自哪里我也忘记了。对于信仰者来说，成为圣徒是更高的、更为纯粹的目标。但那必须建立在丰盈的世界之上。然而，我们知道，有一种纯粹来自于封闭，精神和经验的双重匮乏也能制造纯粹。在极端分子那里，匮乏也可以是成为圣徒的道路。

微信扫码
走近作者　拓展阅读
名家书评　感悟分享

卷七

打开丰富内在世界的通道

诗歌使人开悟

语言、诗歌存在的意义，在于它是人类在历史、未来和当下所有的时刻安顿身心的一个处所。它是从虚无中被创造出来，如果它不被创造，我们就永远处在虚无之中。这才是最关键的，它的重要性也在这里。你要知道听觉也是被塑造出来的一个习惯，别太信任你所听到的，你要信任的是你内心的节奏。耳朵对声音的接受也是被塑造、被规范出来的。你听听现在的一些腔调，听起来抑扬顿挫，但实际上已经腐朽了，它应和了光鲜的表面化需求。

自由就是自然而然，安于现状而不攫取。但是，自由又必须抗拒匮乏和扭曲，只有建立在内在的丰盈、精神的丰饶的基础上，才有自由，不然，就会被自身的欲望和匮乏所奴役。

我们不可能在尼采的理性和激情之间重新开辟出一条道路，我们只能努力地把这两者整合，让生命能够激发出创造的热情、行动的热情，又能够用理性、逻辑和经验把它限制在一定的范围里面，而不致冲出边界。

我不认为人天生拥有丰饶的生命，丰饶、丰盈必须建立在追问的勇气和精神自足的前提下。丰盈不是天生的，匮乏也不仅仅因为被剥夺。丰盈必须通过认知的超越、通过意志力和觉悟来获得，通过获得的积累而达到生命的丰盈，也就是说，丰盈的状态是通过修炼、通过学习、通过不断的自我超越而达到的；它是在知的前提之下——必须有对人类的历史、人类的精神的知的获取，并且克服生命自身的倦怠和懦弱，从匮乏之中抽身出来，从匮乏之中慢慢积累并获得的。

只有觉悟才能发愿，只有觉悟才能致良知。但是，在觉悟之前，必须开启某种意识，我们可能一开始并不清楚这种意识为何物，但它应该明白良知的方向。意识朝向觉悟的方向。这种意识使我们开始进入对世界的探索和认识，并且在这个过程中，意志力和力量才能得到增长。我们也是在这个增长的过程中认识了世界。这个过程可能是漫长的。觉悟的意识从哪里来的呢？很多生命都在沉睡中，需要外部的声音来唤醒它们。但是，有很少的一部分人，他们内在的世界会在生命的经历中自我觉醒，他们不被外部的声音所诱导、所迷惑，他们内在的声音足够强大，而且这个声音跟美好的世界相呼应，所以他们可以在还弱小的时候，就被这个声音所引导，并且开启了追寻的道路。

我们为什么觉得我们的意识和观念是那么珍贵？是因为我们的意识和观念使我们感觉到生命在朝向美好的事物，这些美好的事物来自历史的经验，来自人类的爱和情同此心的情感，它使我们的生命的认识和体验越来越丰盈，越来越有力量。在庸庸碌碌的生命之外，它为我们开辟了一条新的道路，我们的感知已经意识到这是一条美好的道路。我们愿意听任这条道路的指引，我们的意识和意志都倾向于这条道路，相信它能带领我们进入一个更加宽阔的世界。我们已经用文字、用语言、用诗歌把所意识到的世界呈现出来、建构出来，我们留下这些证物，就是为了印证我们是在通向开悟的路上。

请勿过分依赖物质的庇护

这时代的生命意识非常虚弱，它们寄存于物质之中，也依赖物质的庇护，而人们对于生命本身的意义已经遗忘了，丧失了对生命内在本质的把握，也听不到生命内在的声音。诗歌也被外在的那些雕虫小技所吸引，创作者在雕琢形式中遗忘了诗歌作为生命冲动的表达，生命的内在世界也处于匮乏和贫弱之中。

当一个人的愿望开启，他的内在世界便开始打开。它就能够快速地吸收养分，得到滋养，变得更加丰厚、更加敏感；反过来，这样的内在世界，又能够快速地捕捉到瞬息万变的外在世界的信息，并且做出准确的判断，再通过写作或者某种语言载体，转换成可以凝固下来的世界。这就是艺术创作。

有一些人对于美的热爱是天生的，是生命的内在需要，里尔克说，许多人要走很远的路才能抵达我，而你，只要向前一步，就来到我的身边。很多人，一生都处于麻痹和欲望的惯性里，很多人的生命都是在沉睡的。人醒过来了，就能够不断去追寻美的事物，任何一点点的有关于美的信息，比如阅读一本书，欣赏一出戏剧，听音乐，读一首好诗，过一种美好的生活，都会对他构成一种召唤。这种意识的打开就会引导生命走向一条跟沉睡不一样的道路。原来的那条道路可能是被别人安排的，而他醒来之后，就有能力依靠意志去追寻自己的道路，使它能不断向未来敞开。

客观世界中没有绝对真实的存在物，不存在静止的、绝对的东西，一切事物都在运动中，我们看见的只是它的某一个侧面。我们所指的客观世界，就是物质和物质运动构成的世界。这世界的样子跟观看者有密切的关系。观看者有怎么样的内心，他对知识、对自然知识的把握，甚至包括其价值观、立场，其对于人类生命、物质世界的想象，所有这些都与呈现的"客观世界"有关系。这些东西都成了我们对客观世界的观察点，也是形成"客观世界"的一个参照体系。参照体系会映现你所观看的世界的样子；而这个样子，它也被我们，也就是被参照体系、被观看者的内在世界所影响、所决定。对于外在世界，我们保持着一种理解和不断发现的态度。而所谓艺术的真实，就是创造美；美跟审美活动有关，美必须通过审美活动才得以产生，也就是说，不进行审美活动，美就没有产生。比如说在远古的时代，人打磨一块石头，那时候，这一行为仅是一种满足实用功能的行为，它还不是审美活动。等到人类有审美意识的时候，这一行为才提供审美的价值，从而产生美。所以美跟审美过程的产生有密切关系。而随着我们生命内在世界的丰富，我们对美的要求随之提升，我们需要不断建构构成生命的战栗的世界来丰富现有的世界。能构成对我们审美的冲击的，必然是新的、富有创造力的。这就跟审美者的内在世界有关系。这里就产生了一个问题——没有不变的艺术美。但是为什么有些美能够存在比较长的时间？这跟支撑它的维度、它所处的那个世界能够保持的时间长短有关。比如说我们当下这个文明世界，如果它被摧毁了，那么关于美的定义就会发生改变。如果二战时法西斯胜利了，蒙克、毕加索可能不复存在。谁控制了世界，谁就会对艺术进行判断。我们以人类文明的尺度创造艺术。守护艺术世界的真实，就是对文明的守护、对文明的创造。最伟大的诗人应该就是延续文明、开拓文明的人。当文明世界被摧毁的时候，或当前这个文明衰竭的时候，我们所热爱的那些艺术、那些美，就会烟消云散。

虽然短暂却美妙的意识应该存在于历史中那些消逝的英雄身上。我们能够感受到在人群里、在人的生命里、在人类的历史里，都存在着这种被选中而且又快速消逝的英雄般的生命和命运。只有他能停顿下来，注目他内心中的丰饶。这不是悖论，而是只有能够意识到在内心之中存在着这种丰饶的人，才能够停止下来，并且在这个时刻产生一种紧迫感。这种紧迫感是感觉到了这种丰饶的稀少、珍贵，就像此时此刻，你就停下来，是因为你意识到这种紧迫性的存在。过去一直在寻找，在探索，在摇摆，甚至处于焦虑和惶恐之中，要等他意识到他内在的丰饶性，甚至这种丰饶性深深地吸引着他，使他迫不及待地想赶往那里，稀缺、稍纵即逝的意识便使意识者产生了紧迫感。而这种紧迫感的产生就使他停下来，停下

　　谁控制了世界，谁就会对艺术进行判断。我们以人类文明的尺度创造艺术。守护艺术世界的真实，就是对文明的守护、对文明的创造。最伟大的诗人应该就是延续文明、开拓文明的人。当文明世界被摧毁的时候，或当前这个文明衰竭的时候，我们所热爱的那些艺术、那些美，就会烟消云散。

过去的那种追逐的脚步而开始安顿，开始去注目他所意识到的那一个丰饶的世界。这就是英雄的命运，而这个英雄，深知他的命运就是短暂的、绚烂的，像花开或者就像某一种一闪而过的灿烂的事物——而他愿意目睹并担当他的命运。他的生命就有了与被功利左右的庸常生命不一样的质地，进入神圣的行列，进入超凡脱俗的行列。这时候，英雄成为自己的主宰，以他强大的意志战胜了命运，他不再是命运的奴隶。命运只是他的随从，跟随他进入了英雄的世界里，跟他一起涌动。

很多否定里尔克的人，并没有真正读懂里尔克。就像20世纪90年代末，有一股否定鲁迅的潮流也是这个样子，都是装的，"哎，他们过时了"，而事实上这些人从来就没有进入他们的世界，连一根毫毛都没摸到，却装出一副已经看破红尘、看破一切的样子。这是一种自以为是的观点，也是对时代、对艺术本质的不了解。这种认识就是基于所谓的后现代思想，但是后现代实际上是对于社会生活的一种描述，并不是一种美学倾向。而这种描述也不能真实地反映当下的历史处境。在西方的哲学里，与后现代思潮平行的是哈贝马斯的修正现代主义。他认为现代主义还没有完成，现在只是处于一个修正的过程。要准确把握艺术，第一要准确把握时代，现代、多元、修正才是对于我们所处的时代的准确描述。别想着以为已经是后现代了，平面化、破碎化才是时代的本质；平面化、破碎化只是时代的一些表征，是我们要深化的对象，而不是要推动的方向。第二就是关于艺术，平面化和破碎化的欢呼能真正进入我们的时代吗？平面化、破碎化的描述和呈现就是时代的本质吗？问题是这些已经触及时代的本质吗？他们有能力触及时代的本质吗？我认为还没有。这些诗歌基本上就是末流的，级别很低。而对于当下的生活、对于当代的文学、对于时代的本质性的呈现还流于表现。要关照一个时代、关照现实，需要有一个参照物，这个参照物既来自于人类远古的传统和智慧，也来自于对人类文明的想象。参照物非常重要，必须在这个参照底下，诗人对现实的关照才能更加深切地展开人类的生存空间的想象。那种停留于破碎化、平面化的所谓真实的写作是无法进入伟大的行列的。

对于人类的可能性、生命的可能性，以及它们之间的关系，你必须能够深切体会和把握。对那种微妙的、高远的可能性的理解和把握是想象力的基础；没有这种把握能力的话，想象力就处在你无法体会的地方。创造的边界就是想象力的边界，跟体悟的能力、知识丰富性这些内在积累以及真诚有莫大的关系。

他在言说的时候，我们频频点头。没有惊讶，没有豁然开朗，也不是眼前一亮，只是两个喜悦的心灵相遇，两颗同样跳动的心相遇。他准确地说出与我们相呼应的认知和感受。来自拥有丰富见识的心灵的肯定跟来自普通人的肯定是不一样的。当丰盈的心灵肯定你的时候，这给予你的力量可能会更大，当然是在你需要力量的情况下。而当你自身拥有那些力量的时候，那些肯定来自哪里都是一样的，你都能够平等地去感受到话语中的力量，那准确表达的力量。

成长的力量已从你身上生发出来，但不是谁的功劳。它是建立在你强大的倾听能力和感受力上面，他人所说出的那些所谓真实的东西，一直就隐藏在你的心里，在你的生命里沉睡，只是一个外来声音把它唤醒了，那么轻，甚至还不够确定，但是这些话语能够告诉你关于那真实的存在，能唤起你的热情、喜悦，使你能够怀着信任去注目它，去确认它，并且让它与你在一起，跟你一起苏醒。

自处之道

据说道家有活了百年千年、成了神仙的人，他可能隐身在人群中，也可能在深山老林里，但是我们这些普通人无法识别他们，他们也不会让你知道他们，而且据说他们不干预时事。这是奇谈怪论，但有启示意义。在人类的历史中，有无数的天才不被认识，或者一出生就夭折了，这是非常正常的现象，也是一种必然的现象。能够让我们记住的、留下名字的天才少之又少。道家传说中脱离社会、像神仙一样的人的存在，是否有意义？意义终究还是以人类社会为参照体，如果没有社会，那么他的存在就没有意义。"人无法孤独地成为自己"，狄金森虽然孤独，一辈子也保持着跟外界的通信。每一个孤独的人跟世界都有一个秘密的联系渠道。如果这个通道彻底消失，意义也就不复存在。

不是因为你有多高深，而是因为这世界有多肤浅。这世界的多数人被肤浅、欲望所占领，无法脱身出来。他们的生命没办法通过自己的阅读、思考、经历、经验成熟起来、丰盈起来，他们对于自身，包括对于自身的欲望，都不知道怎么去处理、怎么去引导。

让生命丰盈起来，让心抵达万事万物，深切同情个体孤立的命运。

精神空间

尼采精神必须只存在于个人意志，如果个人意志成为集体意志的时候，法西斯的专制主义就出现。尼采为什么会被法西斯利用？就是他的权利意志被挪用为权力意志。尼采的确是把神灭掉了，但他从未把自己当作神，但有人篡改他的思想并把他奉为神明。作为个人主义，他只要愿意承担总有一死的人生，他就有权利选择他想过的生活。但如果这种意志被集体篡夺，就必然演变成社会性的专制主义，而且个人也就被消灭掉了。

王阳明"致良知"的路径是可能的，我们现在依然可以用心去体验它的有效性。但何谓良知？这必须落到现代的思想上来，要对科学、社会哲学、生命哲学有现代的认识，致良知才能落到实处，不然，就依然处在一种缥缈的状态里。王阳明的良知里更多是儒家的东西，还是修身、齐家、治国、平天下。我们最缺乏的是"良知"这个词的内涵：当下世界怎么样？如何和它相处？这是传统儒家哲学无法解决的问题。

我没有依靠什么理论，我只是作为一个生命体，体验到诗意世界的存在。我清楚它高于我的日常，高于我的肉身，高于我的欲望，高于我所经历的事情。它存在于那里，它是弥漫式的存在，它需要我说出。如果不说出，它就消散；它需要我建构，呈现，用语言凝固下来。我也知道它对我的生命意义，我只是把它的存在说出来。

我们所建构的内在世界可能也是一个幻想。但我们必须尊重我们的内心，尊重我们思想空间里存在的这些想象。我们必须尊重它，注视它，与它在一起。注视自己内心世界的时光才是有意义的，它能够使我们回归本我。它是欢乐的，也是有建构力量的。只满足于那种外部世界的成就的要求，必然最终丢失了自己。

通透就是诗歌，通透就有了空间感。诗歌必须通透，必须有能力解决现实和高维度的精神问题。任何凌空蹈虚、虚假的抒情，或者过于与现实纠缠，都会让诗歌的空间和精神变得狭隘和作秀化。诗歌必须能够从地面上生长，又能连接天空。

此时已经体验到生命的本质：生是有限性的生，生是伴随着死亡的生，生也伴随着超越现实而抵达一个更高远、更宽阔的境界的生。当我们理解芸芸众生只能在短暂、痛苦、黑暗的纠缠中度过一生，而又能够意识到自身的生命仿佛触及了那些美好的东西、那些细微而深邃的东西、那些隐藏在黑暗中的东西，并且指出它们的谬误，指出更高存在的可能，这会让我们有限性的生命获得一种突破自身极限、抵达更高可能的美妙感受。这生就在妙中。

对于自己内在世界的确信和信任，就让你在生命内外同时建构了一个诗神的殿堂。对内在世界存在的确认也是来自于你自身的生命自觉。你的内在世界的存在就是那诗神的世界的存在，它跟你形成了一个具有共同属性的世界。

当我们谈论信仰时，信仰里面包含着巨大的智慧和智慧的源泉，它会把世俗和现实世界中导致灾难的很多因素去除掉，使恶在生活、生命中变轻，变得无法起作用，而那些善的东西，会被强调、被加重，并且成为统治生命的力量。现实生活中有非常多不可知的危险就埋藏在我们经过的路旁，我们一不小心或者运气不好就会踩上去。当然，我相信踩上去也不会有太大的问题，我们有能力去承受、去处理这些问题，而不会被它们吸进去。

那是英雄的行为，那些在文字中创造世界的人，就像那些建立自己的国的人。他也是他的帝国的国王。人类认知的边界、人类思想的边界，就是人类生存的边界、活着的边界，任何一个思想家、诗人，任何一个在创造世界的人，都是为人类开辟新的生存空间的人，这些人绝对是英雄。他们绝不可能是柔弱的，绝对不是什么懦夫，懦夫哪有什么创造力呢？懦夫只能在别人所设定的范围里面活着。

那些具有创造力的人，就必须有勇气去超越规限他的现实的、思想的牢笼，真正的英雄就是能够劈开牢笼围墙的人。每一个创造者，无论在现实的空间，还是在精神的空间，都是英雄，他们平等地分享了人的尊严。一个个体的完善，就是对一个宇宙的完善。

何为英雄？英雄就是具有勇气、具有力量、具有想象力、有能力并敢于去实施自己意志的人。这些人，他们能够开疆拓土，建立丰碑。当然，我们也会看到，在历史之中，有一些英雄既没有能力开疆拓土，也没办法建立丰碑，甚至，可能在他要实施自己意志的时候，就寂寂无闻地死掉了。人类历史中有无数这样的英雄，有无数这样的天才，比那些能够被人们记住、被人们看到的多得多。所以，千万不要蔑视那些无名的英雄，只要是具备强大的想象力、敢于去实施自己的意志的人就是英雄。

逃进精神世界里的人，谁也不能说他就是懦弱，他不处理现实问题，可能因为他认为现实是不屑于去处理的；当然也有些人是被现实逼于无奈，或者自己的性格使然，难以抵抗就抽身出来。他们的存在，也是现实加深了他们对世界的理解，推动着他们去重新建构一个不一样的世界，比如卡夫卡。卡夫卡可能一直处于他父亲的压迫之下，更严重的是，社会给他构成了巨大的压力，他于是选择了文学。有些人的生命就不属于现实。生命的伟大、生命的英勇行为不一定要体现在现实之中，因为生命所存在的维度并不是单一的，千万不要把它限制在现实中。不要只把现实理解为世界的全部。人是活在世界中，在世界里开疆拓土、建立丰碑。只有物质性的人才总是生活在现实中，要知道，他们的现实是多么的贫瘠、多么的狭小，但是他们在里面津津有味地生活，那一点小小的空间就成了他们的全部，那个井口就是他们的整片天空。这样的人哪有什么英雄精神可言？真正的英雄，这些写下文字的英雄是国王的国无法盛装的，他的生命就是要去创造更广大的国。任何文字的创造者，都是人类生存空间的开拓者，是先锋，是赴汤蹈火的人，他具有勇气、想象力和披荆斩棘的毅力。

无法超越的有限性

人类与其他之物最根本的区别是意识和意志，人的尊严不是建立在永恒之上，也不是建立在力量之上，而是建立在以有限性的生命对追求真理的意志的坚守和张扬之上，这才是人类最美好的品质。人类最富有尊严的象征就是西西弗斯推着石头上山的行为。人类曾经陷入一个思维误区，就是要抵达永恒。但有限性是人类的根本属性。在有限性里去守护人的意志，这就是人类的尊严所在。我们唯一赢得的是尊严，既不会是永恒，更不是时间，甚至也不是空间。我们内心一定有一个声音，无论正确还是错误，无论那个声音有多大，人类的所有的尊严就是"纵身一跃"（克尔凯郭尔语）这个选择，这个选择就是人的认知、意志力的体现，人以有限性对抗无限性所付出的努力，人的意义只在于这个行为，而不在于这个行为的结果。这就是人的本质，也是人的意义所在。所以，不能用字宙的宽大、永恒性来衡量人类行动的意义。"纵身一跃"就是与宇宙平行的另外一个世界，并且由人类创造。

与宇宙相比，人类哪有什么永恒性？想名留青史根本就是本末倒置的想法。人类的所有尊严，是认知力、想象力、创造力和意志力的整体表达。任何一方面的不足都是对人的尊严的削弱。至于想名留青史，那就想多了，这跟尊严无关。人类在认知力、想象力和创造力方面的有限性是无法超越的，宿命般只能永远走在谬误和修正的道路上。而人类只有依靠意志，在意志实施的担当上，由此为自己开辟了道路并不断获得新的可能。人类意志就是宇宙的维度上的另外一个维度。并不是说宇宙就只有人类是有意识和意志的，说不定宇宙也有很多意识，也是有很多维度的。人在宇宙中的尊严与大小无关，人在宇宙之中就像一颗沙子，而意志力的选择，那"纵身一跃"的选择，才是人类最高尊严的体现。

过于在意外部对自身行为的反应，就还没有达到内心的自由，还被某些东西所束缚。不用过度要求外部的形态，外部的形态永远不会让你满意，你必须智慧地去处理与外部的关系，调整好心态。外部的形态本来就不是一个固定的东西，它是随心赋形的，你有什么样的心态，它就有什么样的形态。它有问题，但你可以解决，可以不被它所束缚，不要固定于以某种方式来与之对话。这既不是鸡汤，也不是自我安慰，外部世界的确不能令人满意，我们也不能把太多的精力放在上面。也就是说，在任何环境下，我们的生命都必须是快乐的，必须是丰盈的。外部世界越糟糕，肯定对你产生的规限和制约就越大，你就必须破坏它的规范，破坏它的约束，这时候，你就有了自己的空间，自己创造了缝隙。

内在世界丰盈，人就会因此变得坚定，不管外部风雨飘摇，文学世界就像一块基石，让你牢牢地站立在大地上，站在你的生活里。我们并不是很在意外部的世界，或者说对我们来说，外部的世界的作用不会太大，因为它不是我们的全部，甚至只是很小一部分，它是表象的东西，我们也不会太跟外部的世界计较。一切东西在这里都无足轻重。

有一个世界正在呈现，作为个人的，但又跟历史、文化以及人类精神联系在一起。这世界通过个体心灵准确的把握、准确的语言呈现出来。这个世界源于个人心灵的创造，这个世界通过它而具有了确定性。

如何把思想收拢起来？不同的写作，思维的方式不一样。是什么让我们愿意起笔，让我们感到兴奋、要去写作？这种动力我称为伟大的幻觉。肯定是有某一个思想、某一个发现、某一个主题，让我们感到兴奋，认为它有价值，值得一写。当我们觉得它值得一写的时候，我们的思想储备、对于这个事物的认识，就会汇集到这个对象、这个主题上。所谓汇集就是我们的思维往外扩散的过程，比如说我们对这个事物的认识会加深，甚至我们可能会从某一个层面、某一个维度不断去加深，从这个事物本身又扩张到外面的其他东西。写作的时候，首先是让我们感到兴奋（有些人则获得更深的宁静），这就是所谓的获得灵感，它让我们感到兴奋、有兴趣去写。最重要的是对事物要有兴趣，有深刻的认识。实际上，思维不由我们控制，我们能控制的是我们对某个写作对象是否感兴趣，并且是否能让自己专注于此。当然，很多人都做不到专注，那么感觉就飘散而去了。连感觉可能都不会保留下来，那就更不可能因为你书写，因为你对这个事物的专注而有了新的发现。

微信扫码

★ 走 近 作 者
★ 拓 展 阅 读
★ 名 家 书 评
★ 感 悟 分 享

卷八

语言在雕塑大地

被语言确定的

在语言和行为的表象背后必然存在着一个广大的生命世界。由于这个世界的存在，生命充满着各种可能。具有强大生命活力的人，无论以什么样的形式呈现出来，都不会乏味，因为那生命背后的世界有深藏的含义，有压也压不住的韵味从字里行间和言谈举止中透露出来。

我们需要语言，语言让那些未知的、弥漫的、晦暗不明的事物能够凝聚、凝固下来，让我们可以看见、触摸，并且形成标识和纪念碑，让我们确定它的存在。我们需要语言去发现世界和建构世界。我们试着用语言去一点一点地靠近真相，靠近那更幽暗的地方、人们还无法触及的地方，那是神圣的居所。在不借助语言这个工具的时候，我们无法抵达它，它也向我们关闭，我们需要语言这个探头不断地深入、接近。而当我们能够意识到那世界的存在时，我们又需要通过语言来描述它、眷顾它。如果语言无法抓到它，它就会消逝。那世界还未被语言触及时，是一种弥漫的状态。甚至，当你不及时将之凝固并加以描述时，它会彻底消失，永不再现；如果它重新出现，那它肯定已经是另外的样子。关于它的存在，必须由敏锐的人、丰盈的人去捕捉、呈现，并且告知所有的人，那个世界才会被凝固下来。而要完成这一切只能依靠语言。

我们借助语言对世界进行探索和建构，你要知道，现实也是被建构出来的，现实也是被探索出来的，你别以为我们所看到的现实就是现实，实际上并不存在一个不变的、确定的现实。任何世界都需要我们去探索，并被呈现，不然就不存在或消散在遗忘里。而探索就必须借助语言——思维也是以语言为工具。我们的行动、肉身都是具有有限性的，只有语言可以接近无限性，它兼有有限性和无限性的属性，它是有限性和无限性之间的桥梁。而且语言具有凝固的能力，其他事物都没凝固的能力，就像我们的手一挥，划出了弧度随后消失。语言一步一步，一个字、一个词，一层意思又一层意思，不断地往前推进，并最终把那世界呈现出来、凝固下来。思维的探头到哪里，语言就可以到哪里，借助语言这个工具，才能一步一步地往深处走，往高处走，并且把那个世界敞开。

不要担心，只要你在使用语言，你就不会脱离现实，因为语言就活在现实之中。语言需要现实的滋养，它才具有活力，变得敏锐，它才能够生机勃勃，不断向更深邃、更幽暗的地方推动，向反抗遗忘的开阔地推动，向更高远的地方推动。语言的源泉、语言的生命活力都是来自于现实。一个对语言敏感的人，他在生活之中同样是敏感的，他能够感受到现实的千变万化，并且做出应有的反应。

音乐的音符、建筑的结构和造型、绘画的线条和色彩都是语言。数字也是一种语言，它是一种数学的语言。这些都是语言。当你看我时，我们之间的语言也就产生了，交流的眼神、感应、感知是语言的弥漫形式，它有时是语言，有时不是，被读到时是，未被读到时还不是。不同的语言所描述的对象不一样，或者需要的精确程度和它们的功能会有一些区别，但是它们作为语言，都有同样的探索、发现、建构和凝固的功能。

人类需要生活在大地上，需要那些牢固、确定性的事物；人类不是神仙，无法飘在空中、踩在云上，只有确定性的东西，才能给予人类栖居的大地。是语言让那些缥缈的东西、那些不可触摸的东西被确定下来；语言，是构成大地的基础，它使我们的大地显现了它的样子。如果没有语言，大地、自然，也处于遗忘之中，无法庇护我们，给我们张力。

"丛林间"

"爱是丛林间的道路"，我想用它来描述我们的处境和可能。怎么用词才能更加准确呢？我又在想，是"丛林间"好，还是"丛林中"好？我想还是"丛林间"好。"丛林间"一词包含着缝隙，而"丛林中"就太密实了，没有缝隙。我想，词的使用就是让我们置身于语言的世界里。为什么说我们是活在语言之中？用什么样的语言，我们就有可能生活在那个世界里；语言到达不了的世界，那世界就向我们关闭。面对那个句子，"中"和"间"两个不同的词的使用，你看世界就不一样了。当我们置身于"苦难的丛林中"的时候，这个苦难就非常的密实，无法透气；但是如果是"苦难的<u>丛林间</u>"，这个苦难，就有了缝隙，爱就可以在缝隙间敞开道路。

语言产生于大地，当我们说"苦难的丛林"的时候，就是我们对大地的描述。我们知道，这种描述只是一个侧面，语言只能在一个侧面描述大地，而无法把大地的所有都呈现出来。语言产生于大地，我们是大地的居住者，也是语言的生产者。我们栖居于大地，也聚集语言，但更重要的是，语言把世界敞开。我们就活在这被描述、被敞开的部分里。大地是无边无际的，需要语言去描述它、去呈现它。从这个角度看，是语言在雕塑大地。大地处于混沌的状态，是语言让它展现、成形，而我们就活在语言所描述的这个世界里。如果语言不准确或被篡改，我们可能就会堕入一个被扭曲和由谎言塑造的疯狂世界。

准确的理由

当我们思考词的准确使用时，就开始思考语言跟人的关系、语言跟世界的关系。的确有很多人讨论过这个问题，但是，等到我们自己要去面对的时候，它才可能作为一个问题存在。

语言的内外兼修

语言的问题也是写作的根本问题。因为语言在雕刻大地，那写作也同样在雕塑大地，人是大地上的居住者，人也是大地的一部分。而大地和语言是一个互生的关系，大地既产生语言，又被语言所雕塑，它们的关系在互相转换。语言既产生于世界，又创造世界，它在我们人类的生活里面，是独一无二的。必须意识到这个问题，写作的真正意义才会产生。写作不仅仅是在讲故事，吸引人们看下去。吸引人是写作最外在的功能，而其最内在的功能是，它在塑造大地、塑造世界、塑造人。居住者既居住在大地上，也居住在语言里。人就居住在这两者中，仿佛我们的肉身跟大地融为一体，但是实际上我们的灵魂、我们所感知的都存在于语言之中。我们能够认知的那一部分，实际上都是语言的馈赠，我们居住的根本都在语言里聚集，语言提供了我们立足的基石。

必须依靠语言，不依靠语言的话，我们在现实中是无能为力的。只有语言不被恐惧所胁迫，不屈服于暴力，甚至在黑暗中更能汲取力量。在任何时候，语言都能够引领我们，能够使我们在艰难和匮乏的生存里，获得想象的空间和成长的力量。只要有足够的勇气和想象力，语言能在现实之外重新创造一个世界，这个世界与现实之间有一个张力场，它能在现实之外产生反作用力。但是语言的确对使用它的人提出了要求。人跟语言的关系：人既是语言的使用者，也是语言世界的居住者，语言就是人的第二自然。我们在这自然里活着，也在这自然里生产、劳动，创造新的世界。

如果说诗歌是一块石头，语言就是这块石头的材质、形状、皱褶、漏洞。我们关注时代生存、政治、个人生活和生命状态，细微到关注个体的呼吸，这就是关心诗歌的生长环境。这些虽然是诗歌外部的东西，但这些外部的东西决定了诗歌，而诗歌和外部环境也决定了语言。就像一块石头，决定了它自身的材质、形状、皱褶、漏洞；反过来，那石头的材质、形状、皱褶、漏洞也构成了石头的本质。但这块石头的这些特点都是由它形成时的地壳运动，以及周围的地理环境、气候、水流、植被这些外在的因素决定、造成的。我们要思考的是日照、风、水流，甚至造山运动过程中的一些事情。材质和外形是随着这些事情而产生变化的，或者说是因为这些因素而形成的，是这些外在的事情形成了诗歌和语言。但最终我们要创造的是这块石头——诗歌的世界，所以我们在这块石头——这个诗歌世界还没创造出来之前，是无从谈这块石头的外形的，我们只能谈论造山运动、阳光、水流、植被、土壤这些外在的东西。这些外在的东西会决定语言，而语言会形成这块石头。

我们在使用语言、修辞的时候，的确非常在意它们，小心翼翼，十分虔诚，有时候又会充满惊奇。甚至我们都知道语言就是诗歌，它们有统一的属性，它们是一体的，就像太阳和阳光。我们在谈论诗歌时，更着力于外部的环境，因为认知和置身其中的外部环境决定了诗歌，也形成了语言；没有无根的语言，也没有无根的世界。关注外部世界，关注诗歌语言之外的那个世界，这是写作活力的源泉。忠实于诗歌就是忠实于时代，我们的生存和经历都在决定诗歌创造的世界。

语言的提升和加工当然必要，就像说"忠实于"是一种能力一样，我们忠实于诗歌就是忠实于语言，这是一种能力，把这种能力上升到信仰也没有错，能力也是一种信仰。有能力去触摸到诗歌语言的人，他就具有了信仰的能力，因为触摸到诗歌、触摸到语言，这是一种极其强大的力量，这种力量是能抵抗世俗中、现实中的一切的。这种能力是一种天赋、一种品质，也是后天不断锻炼出来的。这种能力可以通过学习习得，天赋和品质肯定也隐约地在背后起着重大的作用。我相信天赋的存在，它的存在就像诗歌的存在一样，有一部分是属于神秘、不可知，但它可以被具体地呈现。

也只有在你愿意聆听的时候，我的语言才变得灵活，变得生机勃勃，就像花朵向太阳绽放一样，语言实际上是被吸引、被召唤出来的，不然它就会在沉睡里被遗忘，或者了无生机。

我们必须说出来，世界是通过言语建构出来的。如果我们不说出来，这世界就不存在，就处于被遮蔽、被遗忘的状态，只有我们说出来，使用语言，这世界才被我们倾听、看见，直至被建构出来，让我们得以在里面栖居，或者清洁我们在日常生活中被污染了的精神。

语言开始的那一刻就包含着诗，当我们说出那匍匐在地上的嫩绿植物时，我们说出"草"这个音的时候，我们对草的世界进行了命名，说出了对这种植物的理解，同时在这个声音里散发出一种发现的喜悦。一个词诞生时，声音、意义和人的情感同时发生，它们是三位一体的，这时候词和语言的出现，是像神一样的存在。

文字有记录和澄清生命的功能，它可以把我们从日常的泥坑里拽离出来，去眺望更高远的生命可能。写作就像佛家面壁闭关一样，要重建一个寄放身心的寺庙。通过写作，每一个文字就像一个个脚印，引领生命到达新的维度，人从而可以确确实实地感知新的世界的存在。这个诗意的世界，值得我们栖居，或者，当意识到这个世界的存在时，它会以一种弥漫的形式存在于我们的内心和头脑之中，能光照、守护和提升我们的现实生存。写作的意义是非常巨大的，它带来的尊严是：我们所创造的世界具有独特和崭新的特性。当我们意识到这个世界的存在时，它需要我们写下、说出。只有写下、说出，这个世界才被梳理和确认，就像一个路标一样确切地告诉我们所有的付出都是值得的。

必须写下来，你不写，那首诗就处于一种消弭的状态，它并没有凝固出形象，没有显露它走动的轨迹，有时候它会被遗忘，随风飘逝。只有语言、文字能把它雕塑出来，能够让它显形，被看见，被触摸，从而能够传递给其他人，并且把其他人从沉睡中唤醒。

"世宾的失眠"

　　"世宾的失眠"就是我在失眠时意外的收获，在失眠时获得一个现实逻辑底下不可能出现的想象。"世宾的失眠"是一个关于文学空间性的隐喻，是　个关于诗意世界呈现的可能性的隐喻。文学的空间既包含着现实的空间的文学表述，也包含着创造性的——无中生有的诗意的空间的建构。在我使用"世宾的失眠"这个隐喻时，我就是要指向那个诗意的空间的建构的，因为我在这次失眠中，头脑的风暴指向了一个人类历史的诗意创造事件。人一失眠了，就胡思乱想。我的头脑中的龙卷风是这样形成的：我们如何超越当下个人和社会的现实文化，在想象文化的维度上创造一个区别于诗歌写作历史中已呈现的诗意世界？就像但丁在14世纪宗教文化统治的时代里，展开了对人文主义的思考，创造了《神曲》的诗意世界。我们当下肯定存在着这样一个世界，它由我们时代的最高文化支持着。但这个世界还未创造出来，只要我们还没有把它辨认出来，它就还盘亘在历史现实和想象之间。在历史现实和新的文化想象之间，肯定存在着一个新的诗意的世界。这个世界没有创造出来时，我们可以用量子力学的叠加态描述它。这种叠加的状态是在一种我们没有意识到的常态下存在着的，但在量子力学的学说里面，这种叠加态是可以坍塌的。"薛定谔的猫"——打开盒子的瞬间就决定猫的死活，这种现象，在量子力学中被称为"坍塌"。虽然有

95%的物质我们还没认识到，但理论上，由于物理世界有无限的时间，所以未知的世界必然有坍塌的那一个时刻的到来。而在"世宾的失眠"这种叠加状态中，坍塌不一定会出现，因为在人类的历史发展中，错过了机会，那个可能的世界就永远消失了；在我们的历史进程中，可能出现而最后消失的世界不知有多少。通常的观点是认为文学是关于时间的艺术，那为什么我们在诗歌中会谈到空间，文学（诗歌）是否存在着一个跟视觉艺术不一样的空间？我认为的确是存在着的，我觉得关于空间性可以有两种认识：第一种认识是现实的、社会的空间。我们非常多的诗人，都在这样一个空间里写作，就是现实的、社会的空间里。我们知道，从朦胧诗到"第三代"，一个强调在宏大的社会叙事里面写作，另一个则强调在个人空间里面写作；从20世纪80年代到现在，这种个人的写作、个人空间的写作，一直都在对我们当代的汉语诗歌写作产生着重大的影响。面对着这两者、面对不同维度的写作，我可以得出一个结论：不同时代的诗性的产生方式不一样。在新时期，我们整个民族面对着改革开放的社会实践，这就需要、同时也要求作家在更宏大的空间里面去寻找诗性。文学界也的确是这样做了。我想这也跟一百年文学发展的内在规律和动力有关系。到了20世纪80年代中期之后，由于现代主义的影响，个人主义开始产生重大影响，个人空间以及个人成长中的固有文化开始成为那个时代重大诗性发生的地方和提供思想资源的源泉。一个时代的诗性发生的位置可能会不一样，可能处在不同的空间里面。但是，经过这么多年的实践，也许我们已经开始意识到，过度地在个人的密室里和个人的日常生活里写作，可能会强烈地压缩我们的实现空间。因此，21世

纪以来，有一些人在寻找新的出路。比如说，"第四代"诗歌运动
关于诗意空间的建构的设想，就是超越现实空间的、在文化的最高
可能的维度上重建一个空间（世界）的努力。有一些人正在做这样
的事情，在努力地突破过去的空间。这也就是第二个空间的维度，
那就是诗意的维度。"诗性"和"诗意"，这两个词实际上在我们
写作中并没有划分清楚，我认为诗性的空间就是面对现实和历史，
面对我们置身其中的生存世界，以一些具有"人类文化"品质的理
念作为思想资源和价值立场来关照现实，通过歌唱和批判，并由语
言重建的一个有尊严、有爱和存在感的世界，这个空间就是诗性空
间。还有一个空间，就是诗意的空间。关于诗歌的空间，王家新认
为，在古代是诗意的，在现代是诗性的，但我认为在当下依然有诗
意的空间。诗意的空间就是海德格尔所定义的"诗人不关心现实，
只耽于想象，并把想象制造出来"的那一个被文化的最高可能支撑
起来的空间。就是说这个诗意的空间，它跟现实没有太大关系，它
跟我们文化最高可能有关系，跟人类文化最高可能有关系。这个
空间被创造、出现之后，实际上可能会延续一两个世纪。一位诗
人——好像是布罗茨基——也谈过这样一个问题，他认为一两个世
纪才出一位能创造诗意世界的诗人；虽然有很多诗人在这个维度上
创作，但真正有成就并达到完善的不会太多。也就是说，在我们这
一百年的汉语诗歌写作里，还没有人完成这个空间的创作是不足为
奇的。事实上，我们这一百年的写作全部都被现实规范在诗性的维
度里，跟现实纠缠。要么是初创期的民族救亡运动，要么是1949年
后的社会主义运动，要么就是新时期以来的改革开放，我们的诗歌
一直在这现实里面，而诗意的空间却没展开。我们现在必须意识

到，伟大的诗歌必须为人类的文明写作，必须在人类新的文化、文明的高度上去创造一个诗意的世界。"世宾的失眠"是一个痛苦的希望，在这个东西方文化融合的时代，我们的诗歌能否创造出一个诗意的世界？能否创造出一个区别于荷尔德林、里尔克的诗意的世界？我们是否有可能创作伟大的诗意？这些都是一个未知数。文化的准备以及诗意的创造带有偶然性，如果创造出来了，"世宾的失眠"这个世界就"坍塌"了，现象就出现了，就像薛定谔的盒子打开了。

诗歌是安顿生命之所

能够用语言呈现出我们内在世界的声音、形象，就是杰出的诗歌，如果你的内在世界接通人类历史和时代的本质问题，为"总有一死的同伴找到出路"，你的诗歌就是伟大的诗。当向内在世界凝视时，你所看到的世界就能产生不平常的诗歌。这种能力、这种技艺，需要学习、修炼，但实在并不需要太过于拐弯抹角，或者太过于用劲，只要你把看到的、感受到的呈现出来，能够真诚地呈现内在世界的诗歌，它就呼应着生命的律动，呼应着生命的确信。

也许我们一开始并不知道它的存在，但是随着时光的消逝，伴随着在人世间经历的痛苦、欢乐和挣扎，我们就会慢慢听到这个声音，看到它投下的景象——向我们显现的世界。我们能够越来越清晰地目睹它，并且相信可以置身其中。我们也是依靠它认识了现实的世界，并保持着不被现实扭曲和绑架的力量。

用语言把它凝固下来的时候，它才真的存在，或者被证明存在，让它的存在变得可以证明。如果没有被说出来，它就有可能会飘散。这就是语言的魅力所在。诗歌就是在把那些弥漫的、飘散的美的东西凝固下来，建成一座纪念碑，创造一个世界。

人是会死的、会消亡的，但诗歌不会，看你的诗歌能走多远，这才是最关键的。能不能留下来，也不由你的意志决定，就是不能留下来，也不能说写作没有意义。写作是生命的修炼过程，在整个写作过程中，你会丰富自己，你的生命会由此变得通透、有力量。写作使我从平庸的日常里抽身出来，去关注灵魂、人类思想那些更高远的事物，使我的生命打开了一个新的维度。我甚至不在意生命的长短，但是我会珍惜生命，我愿意跟它和谐相处，我愿意跟它一起经历人生的苦难和欢乐。生命必须是活着的，必须丰盈。如果生命是工具性和目的性的统一，那我们就是借用身体这个工具在完成生命的丰盈的目的，其他的都是副产品。

语言就是世界，你使用什么样的语言，你就置身于什么样的世界。你使用的语言越丰富，你所拥有的世界就越广阔。你既能深入存在的幽暗之地，又能抵达更明亮、更宽阔的生命境地。你拥有广阔空间的语言，那你的生命就置身于一个广阔的空间，你的生命也就能意识到黑暗的存在、尊严的存在、美好的存在。语言具有召唤和建构的功能。

如果你发现自己的诗歌具备某些特质，就抓住它，把它放大。一个人能在诗歌中呈现一种精神，建造一个世界，就是一种完满。就如一颗种子已被埋藏在你的世界里，就要抓住它、发展它，让它成为一个世界。把那独特的诗歌种子发展成一种世界观，一种开启新世界的方法论，并不断地去重复它，直至展开一个世界。每个诗人都是靠一首首诗，就像一块砖、一片瓦一样去垒筑他的诗歌世界，在某个维度上写作具有共同属性的诗歌。那个世界才会慢慢敞开，而不是处于封闭的状态，甚至被最终遗忘。发现一个词、一个意象已经足够了，把这个意象的精神和世界呈现出来，就足以让你在里面栖居，足以安顿你的生命，并为人类提供一个栖居的空间。

有怎样的感受和体验，就会转换成相应的语言。不是看写什么东西，而是你的语言里呈现了你置身其中的时代经验。但我们需要的是更高的想象，那才是这片土地上最重要的东西，最终目的是要创造新的世界。

重要的是，你要意识到这些词语、语言是流动的、变化的，是被你的内在世界所决定的。而内在世界随着知识、经历、意识、意志的变化而变化。你此时感受到现实生活、生命的确定性，这只是此时此刻的体验、感受，并非是全部的真实。你所专注的生命的痛感和可能性，也不是生命本身，它只是一个过程。你对生命的感受和认识依然蕴藏着更大的可能、更深邃的东西。当你到达那里的时候，当下这所谓的现实、事实就变得不再重要了。

应该更深切地体验到活着的妙，妙就是生命具有对事物透彻的穿透力，对美具有真切的把握力和深邃的思想力，妙的感觉区别于你曾经屈服的庸常生活和持续的厌倦，它使你能够至少在一段时间里保持着喜悦。诗歌之美在于教人脱离窠臼，生命之妙和诗歌之美互相呼应，能让你的生命活起来，去张扬你的生命力，特立独行。

我们依靠文字创造一个世界，而你也将能栖居于这个世界里面。无论外部世界是什么样子，你将经历什么，你所创造的那个世界就会庇护着你。

卷九
跟伟大的灵魂对话

燃烧的边界

不去追寻写诗的意义，我在里面感到快乐，感到尊严的存在，感到自己不断地成长。它一直在滋养我，催动着生命的成熟。我不需要任何其他理由，它让我变得更加深邃，也让我的神经变得敏感。可以不问意义，它也不需要，就像呼吸的空气，它不需要意义。对于诗人来讲，诗歌就是这样的一种存在物。

需要一把锄头，把压在火山口上的那一层薄土掀开，看着火山把那熔岩喷涌出来。

命名、格物都要有突破的能力，准确的命名就是诗意的到来。诗意就是去蔽，就是在人们无法看见的幽暗的地方，指出此物、此事的存在。那些被规定了的东西都是平庸之物。

作为东方人，我们在人文创造方面最有可能获得成就的就是文学了，在哲学、政治、经济、法律等人文学科方面，我们的思辨能力不足，根基太弱了，原创能力没有得到滋养和开发。文学方面的可能性是因为我们能够把别人的思想、哲学和历史转换成自身的精神资源，可以融会贯通、整合各种思想和历史经验、现实经验而使它们具有特殊性。

只要写下文字，人就不会被抹掉，因为写作本身不会被抹掉。写作就是存在。这种存在，跟永恒没关系，它跟写作这个动作有关系。

作为诗人，对于我的诗歌能走到哪里，我有明确的想象，这种想象就建立在我自身所获得的认知上。它没有离现今的人类很远，但也有超凡脱俗、独特的一面。这就够了，证明我的生命付出过、努力过，虽然可能是有所创造，也可能是一无所是。重要的是，这就是我的命运；重要的是，生命能够不断生长，能够感受到生命丰盈的存在，并由此获得能够听任命运的安排，从容地面对与自己相遇的一切的能力。

一个优秀的诗人必须有一个能够消化爱恨情仇、山林、草木、石油、废铁甚至各种污染物的胃，让一切有用无用的东西都转换成滋养心灵的养分。这样强大的心灵和消化力，才能够使人在一个匮乏的、受到污染的环境里，依然有强壮的力量成长、创造。

一方面我们要保持对文化可能性的想象，另一方面我们也要听天由命，因为我们是有限性的人。我们创造，或者平庸地度过一生，有时候并不由意志决定。除了极个别天才，普通人的生命都是由家庭、时代、社会所塑造，我们虽然打开了意识，但是生命的成长依然是被限制和规范的，意志还难以使我们超越时代的命运。但想象力让我们保留不被规范的可能。

深刻而广大，这是一个诗人创造诗歌世界的理想和目标，至于是否好看、接受的人的多寡，这是派生性的问题、次要的问题。顺其自然就行了，王国维说"品高自有妙句"，对于一个有足够精神高度的人而言，妙句潜藏在生命的呼吸里。

我写《梦想及其通知的世界》时可能就是这种状态，内在感觉饱满，能够感觉到生命像发芽的种子在不断吸收养分，在成长，每一个时刻都是通透、喜悦的。宗教修炼者认为修炼中有一种高峰体验，即精神达到了一种接通神明或天地万物的状态。不同修炼的方法和抵达的目的地可能不一样，但是，它们所指的这种精神状态是一致的，即不用依凭什么或者获得什么，也能够达到一种生命的喜悦，能够体验到生命的最高可能——我不知道它是想象的还是客观的，但我相信它能被敏感的心灵捕抓到。这种状态应该是喜悦的、充满着对万物的信任。

现在你可以随心所欲了，只要把一块泥巴拿在手上，你就能够让它成形，这已是一个优秀雕塑家的能力。

有超强的理解力和一个宽阔的内心，你知道什么是生命的骄傲，这就使你无论有多么强烈的情感，都能将之控制在理性的范围内，让它得到升华，成为诗性的事物。

既具有强烈的激情，又对自己的感性保持足够的把握力，有强大的理性来处理你强大的激情，这种控制力让人欣赏。它保证了你不会发疯。美妙的人生是持续的激情和对它的控制融在一起的燃烧。

走出自我抚慰的小情调

经常遇见这种情况：想写一首诗，拖太久，就会心急。已经有新的感觉来了，而旧的诗歌还未完成。新的要我去呼应它，要我去抒写它，但是旧的还没完成，还必须停留在旧的感觉里，在旧的氛围里继续完成它，才能够抽身出来。

很多时候就是一句话，或者一个闪念，把你带进诗歌中，你就可能随着语言走向纵深。当然，你的经验会控制它，让诗歌保持着语言的张力、飞扬的想象力，甚至调动一种强大的生命感受来完成这首诗歌，推动这首诗歌的发展。如果诗歌经验已经足够成熟了，只要静下心来，随时可以召唤。

如果脑子里有很多杂念，身体和心灵还在沉睡，还没有被唤醒，还没有被点燃，就没有能力去培育一首诗的成长。

写诗是最高级的自我解闷，是最高级的解闷游戏。缺乏有趣的游戏，所以无聊、不好玩。有了游戏，我们就开心，有些游戏能够把我们带到更高远的地方。只要能够写作，就是在生活的日常中找到有趣的事情，这可以看作是在漫长的无聊时光里，获得了一个过渡、一刻休闲、一条缝隙。这应该是最有意义的生活。我们让那些吃喝玩乐的日常占据了太多的时间，轻松的事情太多，无意义的消耗让时间变得轻浮，获得的生之快乐也没多少。

艺术作为不同的生活方式，对于有些人而言是娱乐，对于有些人而言是创造，而有些人则借助它通往更高远的地方，这跟个人的能力有很大的关系。艺术可以作为创造、作为拯救的道路，更多人是愿意做到这一点的，但是由于缺乏这种能力，他们最终只能停留在娱乐和消遣上。

每一个真正诗人的诗歌世界都具有独特的本质性。这个本质是指什么呢？就是诗人所能把握呈现的世界，这世界是这个诗人的表和里。诗人能触摸到他能把握的世界，并把它说出，这样他才能够相信诗的存在。要说出来，他还必须有把握语言的能力；有能力去信任语言，才能够忠实于一首诗。

必须有能力触摸到诗，才能够有能力说出。必须忠实于诗，但很多人并不知道诗在哪里、诗是什么，他们无法触摸到。他们只是在努力使用修辞，使用词语，使用已经腐朽了的意象。很多诗歌都在模仿。只有触摸到属于自己内在世界的诗歌的时候，才能够懂得怎么去信任诗歌，语言才会随着诗流动，或者反过来语言才会带着诗歌出现。语言和诗歌这两者必须具有同一个属性，就像太阳和千万缕光线，它们有着同样的属性，两者是在一起的。

忠于诗歌，对于一个诗人来讲，与其说是一种态度，不如说是一种能力。这种能力必须建立在对诗歌的把握和触摸的能力上，必须信任和有能力把握语言，只有这样才能做到忠于诗歌。当然，还要有抗拒外在的诱惑和迷惑的能力。无数人被潮流、意识形态、修辞蒙住了眼睛，他们无法感知诗在哪里。关于诗他们终究无从谈起。他们不知道要忠的那个对象是什么，他们常常走入歧途，或者在细枝末节上打转。

有一种写作来自宁静的状态，宁静能够让你的思绪走得更加深远，思虑更加绵长；而高密度的状态可能来自情绪的爆发，这种状态能够催生或者说能够给予语言更大的力量，但这种力量可能是外在的。

有些人用疯癫、疯狂的状态来写作；有些人则更倾向于宁静、内敛的状态，仿佛悄无声息的大地，小草、芽苞、蚯蚓、刺猬、棕熊都在醒来，在这种寂静下，能体验到大地的脉动和生命的涌动。在平静的包裹之下，心灵更敏锐，许多高灵敏度的神经在跳动着，它们有极强的体验力、感受力，对情感、对社会、对一切细微和宏大的事物都具有极高的灵敏度。这一切就包容在平静的笔尖里。

只要想写就写，只要心安静下来就能写。在你的身上，保存着一种纯粹的敏锐和生机勃勃的诗歌冲动，这种冲动我们可以称为诗歌生命力。你有极强的诗歌生命力，它随时在等待着你把它召唤出来。

具有写诗的能力，就慢慢写吧，不要着急，慢工出细活，厚积薄发。更重要的是，厚积薄发时，那种缓慢的、专注的力量会在诗歌的语言流淌中呈现出来。不仅仅是量的问题，也是一首诗在写作时被赋予的速度感问题。慢慢写当然也不是拖得很长，而是让运行速度获得力量感。

调动你的所有感觉、体验和经验，用文字呈现出来，让自己的思维探头尽量往世界里面伸展，进去之后，就获得你的发现，这就是写作的路径。

如果我没记错的话，特朗斯特罗姆写过一首诗，讲的是诗与诗人之间的关系，说的是诗人不愿意立刻把一首诗写出来的状态。诗人不愿意立刻写出来，而不是这首诗出不来；诗自身也不愿意立刻出来，两者构成了一种此时此刻的纠缠状态，也就是将要爆发而未爆发的状态和对这种状态的迷恋、挚爱。诗和诗人都愿意停留在此时此刻，二者都意识到诗歌一旦被写出来，它就不再属于诗人，也不属于这首诗本身；它就会被交付给阅读，被交付给翻译，被交付给批评。而这个时候，欲出未出的时候，它恰是全部属于诗人与诗的，二者互相归属，共享了这一饱满的时刻。该诗歌后面的那一句，"这时候，让我忘记了所有的生活"，描述的就是这种状态。没有触摸到最高的诗意的时候，诗人是不会轻易把诗歌写出来的，他愿意让诗歌在他的头脑里、在他的身体里酝酿打转，直至找到一个最佳出口的时候，才把它呈现出来。而这一呈现，就是全部的呈现，它是诗人内在世界与这一瞬间的诗的呼应，二者紧紧地抱在一起，那隐藏的世界在一瞬间敞开。

许多人通过诗歌追求认可、名声、地位，并以此得到存在感。这种存在感外在于生命。诗人存在感的追求只能是在诗歌之中、在生命的渴望里。对于一个诗人来说，诗歌在他的生命里肯定是最重要的，也是最持久、最稳定的。过度在意外在，只会令他消失得更快，甚至使他没有能力去凝聚自身。

没有强烈的爱憎和伟大的想象，就必然陷入小情调的自我抚慰中。

写作就是开辟新的空间。有一位老作家说："艺术家是有特权的。"她的意思是，艺术家有特权去做僭越的事情。尼采也说："一切道德必须重新评价。"诸如此类的意思，都是在说写作者可以去冒犯世俗，因为他们需要去探索人间幽暗的东西，一个循规蹈矩的人，永远什么都不懂，一直活在别人的规限里。

写诗让人的内心更加坚定、目光更加深邃，能够更加细微而透彻地发现和体验到生命的喜悦。诗歌让人的生命变得勇敢、安宁。诗歌有自救的功能，而小说时常会让人更加忧郁，让人陷入一个幽暗的、痛苦的，甚至难以自拔的世界。这可能是诗歌和小说探索的方向不一样所决定的。诗歌是在建构一个世界，诗歌是祈祷，是向上的、提升的；而小说是忏悔，是深入幽暗的地方。诗歌高手和小说高手朝两个不同的方向发展。写作的结果所呈现出来的生命状态，跟文体是有关系的，因为诗歌是祈祷，是向上的，它是在建构一个人类可以栖居的世界，所以在这个维度上写作，越深邃越能看到生命抵达坚定、宽阔、明亮的可能。但天才诗人容易自杀。所谓天才，就是在很年轻的时候，生命一睁开眼，就看到最美的世界。而现实的世界又跟他所能看到的世界构成了极大的反差，他娇嫩的生命与巨大的现实相对撞，就容易造成玉碎；那种大器晚成的、那种从苦难的磨砺里成长起来的生命，就会因为有足够的时间和经历的锻炼而变得坚守、宽阔、富有力量。

畅快、喜悦、通透，我们浸透其中，这种感受是写作带给我们的；甚至我们能够深切地体验到具有有限性的生命所能到达的最高可能，这种可能让我们获得一种生命的尊严感和喜悦感。虽然作为有限性的生命，我们会消失在尘埃的遗忘里，但是我们依然能够通过写作深切地体验到这生命的骄傲和神奇，这才是写作真正的馈赠。

一个人就是一首诗，你必须遇到那个懂诗的人，他才能读懂你。读懂你的时候，他必然知道你的来路、去向。你现在的样子、每一个细节，他都能够读懂并且欣赏，那这个人就是你的读诗人，你们互为一首诗，互为读诗人。

因为写作，我们的内在精神跟那些伟大的灵魂对话，在他们的声音之中，在他们已经袅袅散去的话语里，我们听到了，也证明了我们的思想和追求跟他们在互相呼应。我们作为他们的同伴或者作为他们的追随者而存在，我们所确认的，是在人类历史中曾经存在的伟大的灵魂，而不是那些庸众们的功利和愚蠢的判断、选择。我们必须坚定地守护着自己的选择，不同维度的人无法对换。高维度的人绝对不必要被低维度的人所动摇，因为低维度的人所说出的每一句话，高维度的人都知道他们是站在什么角度、什么立场上讲的，而高维度的人的选择，低维度的人是无法看见的。这就是我们坚定的理由，"我们的道路高于他们"。

顺其自然，只要你意识到真的存在就行了，真实性就在写作的每一个文字里。不要总是想强调什么生命的真实性，这些都是幻觉，没有什么真实性；现在的真实性是暂时的，想想看，你现在感受到的跟你前两年所感受的真实性是截然不同的，而以后还会有所谓的真实性出现。保持伟大的幻觉，这个伟大的幻觉不是功利，"幻觉"这个词在这里就说明了一切，告诉你一切都是幻觉，但是你必须在创作之中保持伟大的幻觉，这是对写作更高可能性的追求的要求。不要用固定的眼光和思维去看待所谓的生命真实，生命永远在成长，它在每个阶段会截然不同，有量变，还有质变。你可能会打开一个更广大的空间，那个更广大的真实还会向你呈现。你现在只是看到一个小的真实而已，不要去追问现在的这个所谓的真实是否可靠，要相信你所感知到的那个真，并向它走去。

只有把生命打开，才能够倾听，充满热情地去体验和感受新的事物，去反抗平庸的规训，去创造新的生活空间、生命空间。有价值的写作必须在此基础上展开，才能成为一种生命活动，让每个词都带着生命的呼吸。如此，写作才能激活生命，并且让自身有了生命感。每个生命都有如大海，只有打开，才能强大，对知识和人类经验的吸收也才能找到方向，并且具有向纵深挖掘、开拓并将之呈现出来的能力。许多人的写作只停留在表面的描摹、词语的堆砌上，无法进入事物的内部，只是浮光掠影或人云亦云。生命没有打开，写作就无关痛痒，就无法深入生命的本质里，对人类的知识、文化、经验和生命感就不能有深切的体会，写作也就没有了活力，一切都像水面的泡沫转瞬即逝。真正的写作是呼吸，是吐纳，是生命的生长、扩张，生机勃勃。真正的写作一直在开拓人类的生命边界和生存边界。真正的写作是对生命的挖掘、建造和对内心真理的神圣奉祭。

写作的边界

我已经熬了几天了，没能进入写诗的状态。我常常找不到语言，无法和我想描述的世界对应。这肯定是因为我的状态是日常的世俗状态，这也反证了我的日常并不是诗性的，也不会是诗意的。我如果要写诗，就必须从日常中抽身出来，进入宁静并与诗性的生命意识接通，才能进入内在世界，才能找到语言来对应内在世界那诗性的、诗意的起伏。

小说是最高的虚构，诗歌是最高的想象；虚构对应的是叙事，想象对应的是建造，是一个世界的敞开。同样对应的还有：小说是忏悔，诗歌是祈祷。

写作吧，听从语言的召唤，你会让一切形而下的东西，无论是经历，还是感受、情绪，都转换成形而上的思想，并且赋予这一切意义以有形的形象。唯有这样，才不会辜负那一切痛苦的经历。

术必须予心才有命，术必须赋心方能彰形。

不要怀疑自己写作的价值，来到这里已经走得挺远的了。现在要凝聚你内心中意识到的那些闪亮的东西，你的思想、能感觉和意识到的美，丰富它，整合它，呈现它，这应该是未来这段生命时光的重要工作。当你把这些做完时，你就可以像王阳明所说的"我心光明"，没有太多遗憾，接受命运的馈赠。命运给我们什么，我们就接受什么，用心对等命运，我心就是光明。

选择了写作这条道路，语言可以带领我们通向任何一个地方。人必然成为他自身的道路，我们借用肉身去走完自己的一生，让一生成为一条道路；而这条道路肯定不是完美的。从生命的有限性角度来讲，我们不用去评判他人，他们的人生也只是一条道路。人的一生，只是在这条道路上修为，我们可能会更倾向于某一条道路，我们只是在这条道路上吸收它的毒、它的盐、它的蜜，并成为自己。这些道路没有一条通向极乐。

文学的意义对于平凡的生命来说，就是超越匮乏，抗拒麻痹，使一个有限性的生命可以去触摸和抵达更深邃、更高远的地方。生命存在于现实，我们常常被俗务和短暂的利益所束缚、诱惑，使生命陷于平庸、盲目和得过且过。而文学告诉我们其他生命形态的存在，无论是欣喜的，还是悲苦的；无论是充满理想的，还是被挤压到扭曲的，这些经验都在间接地拓宽我们生命的边界。通过阅读者、写作者的思考，加深我们对生命可能的认识，拓宽我们认知和行动的边界。

我们所看见的写作，就是依靠文字，一个字一个字地写下或者在键盘上敲打出来。这些字那么朴素、那么平凡，但我们知道，它们来自远古，也来自我们当下的劳作。在远古时代，我们借用文字来命名外部世界，命名山川和百草。没有这些文字，我们就无法知道这世界的存在；在茫然之中，我们就像一个睁眼瞎，不辨东西南北，不知自己为何物。当一个野蛮人抚摸着地上匍匐的柔嫩的绿色植物，说出"草"这个字时，该有多大的喜悦？！他的内心肯定被巨大的发现和对应的表达融为一体的现象所震撼。后来出现的这个"草"字，就是发现的理性、情感的颤动和语音（字形的结构）的爆发三位一体的呈现。文字让我们明了天地间那万事万物，也让我们知道了它们和我们之间的关系。到了现代，文字引领我们进入幽暗的世界，它从对外部的命名进入对人类内在世界和宏观世界、微观世界的命名。命名即发现。我们借着这些凝结着人类智慧和伟大情感的文字，去表达我们对世界的想象及建构一个崭新的世界，我们就会看到那世界向我们徐徐展开。

写作本身的意义非常重大，我们的能力可能达不到创世者的创造力那种级别，但是，写作与他们所做的有同样性质的意义。你所建构的世界可能没有他们的那么宏大，但你的小世界同样不可或缺。你内在的世界如果没有呈现出来，它就消失，而且在人类历史中可能再也不存在。人文的想象世界不像物理世界，总有"坍塌"的一天。我们至今仍没能力发现大部分暗物质，但假以时日，随着科技的发展，也许有一天还是有发现它们的可能，因为它们就存在在那里。但是内在的诗意世界，如果此时没有呈现出来，就可能永远消失在时间的长河中。在我们人类社会的历史中，不知有多少诗意的世界本来可以出现，但消失得无影无踪。

对所有事物，抱着游戏的心态，单纯地沉浸于事物之中，无论诗歌、音乐、饮食、男女，这一切事物都是融为一体的，它们都能给生命带来欢乐，滋养生命，生命也在这个过程中不断地成长。把最日常的和最深远的知识、思想带到所有的行动上来，它们之间并没有孰高孰低的区别，它们之间不是非此即彼，它们是融为一体的。

与其说我是在谈论诗学，不如说我是在谈论生命的可能，我的诗歌跟我的生命状态，跟我的生命关系是融为一体的，生命和诗歌是同一个世界，有同一个属性。实际上，我是在我的生活之中、在我的生命过程中体验诗歌、创造诗歌的。我的生命领悟到哪里，我的诗歌就呈现到哪里。

我的诗歌要比我的生命走得更远，诗歌写作对我的生命构成了一种召唤，诗歌在关照我的日常生活、我的生命。虽然生命还无法尽善尽美，无法彻底地达到诗歌的境界和纯粹，但诗歌的存在就是在关照我的日常，对我的日常、行为就是一个提醒、修复和补充。

很多人太忙碌，不能沉浸于诗歌之中，哪怕很有头脑、很有想法的人，都会因为日常的琐事，使精神无法专注，最终在日常的生活里把诗歌彻底遗忘。需要不断关注、书写诗歌，诗歌的世界才会越来越清晰，越来越有力量。去追随诗歌吧，不然生命就会在麻痹和遗忘中枯萎。

诗歌写作是一个创造世界的行为，并由心灵决定。创造世界的心灵来自知识、感受力、体验力和来自上天的灵性、对人类深刻的悲怜。我们从他者、从前辈、从历史那里不断获得灵性和"我"依然存在的印证，并以此行使创造的权力。

为什么要创造诗歌？因为那才是安顿身心的地方。其他人是不在意的，你为什么要急着把那个东西拿到现实中来呢？思考问题的时候，你不能单纯地认为你有责任把你的诗歌献给时代、社会；当时代、社会不需要你的诗歌的时候，你就没有责任。不要因为写作不能作用于社会，就充满愧疚，或者感到无力。当第一个文字被写下时，它就是自我的拯救、自我的清洁。它本来就不属于现实，它就在那个隐秘的世界，在那个关于诗的世界里。

写作是个体的表达，如果说它有任何公共的意义，那只是一种造化。正是基于文学的个人性，它有权利绝对化地表达，即把个人最内在的思想表达出来。有些东西能发表，有些东西发表不了，这没有关系。物质是有缝隙的，或者说物质能创造缝隙。现在生产力这么发达，社会就有了缝隙，无论是人性的缝隙、生存的缝隙，还是精神的缝隙。生存的缝隙越开阔，精神就越不紧张，可能性就越大。

打开诗意世界之门

写作在磨炼你的武器（语言），也在锻炼你的本领（体悟世界、创造世界），它是一条带领你往生命的深处和开阔地前行的道路。你必须走在这条道路上，才能够不断发现和创造。当你有一点新的认识的时候，你就要努力去呈现它。每一次呈现又像是筑一级台阶，会帮你不断往上升。不要说等到看见了最高处，才开始建筑，那是不可能的，必须从你固有的地方一级一级不断地上升。因为开启了新的意识，所以我也对自身的写作，对当下的写作非常不满意。我知道有一个更广阔的诗歌空间，但这个空间的确难以抵达，也难以呈现出来。只有意识到那个诗意的世界的存在，我们才有了真正的方向，也才有了值得一生去追求的东西。

不用纠结写什么，或者写了有没作用。现在要去探寻的是：时代的最高文化在哪里？人类的文明在哪里？“最高文化”这个说法是我在海德格尔论述荷尔德林和里尔克的文论（《林中路》）中领悟到的，他们的诗歌高于其他诗人的地方，就在于他们开启或者指出了他们的时代可能存在着对他们总有一死的同伴特有的拯救维度和方向，我在但丁身上也意识到这个诗意世界的存在。指出这个世界的存在或者把这个世界创造出来就是最伟大的时刻。

艺术家常常显现某种不合时宜的思想和行动的病态，这种病态是由他的身体还是艺术的本质所决定的？这种病态本质上就是伟大的艺术和生活之间一直存在的敌意导致的，艺术和生活两者的本质要求不一样，所以导致许多艺术家在现实生活中显现了病态的一面，如里尔克，他的纤弱，他的无所适从，他的逃离，他对现实生活失去的把控感，这些也许就是艺术和日常生活之间的天然敌意所造成的。现象和结果两者是一个互动的关系，是互为表里、互相转换的关系，两者之间互相触动、互相催化。艺术和生活两者都具有自身的本质性，在这关系之中，生活强化了日常性、庸俗性和物质性，而艺术强化了纯粹性、反动性，以及更高的精神性和叛逆性，这两者的属性就导致了它们之间古老的敌意和必然要分道扬镳的事实。但是它们两者也是互相催生的，就像一张纸的两面。

艺术家的选择是否是一种自私？相对于生活而言，当然是一种自私。这种自私是建立在人类历史、人类文明责任的基础上，所以相对于历史而言，他们也是最无私的一群。关于我们对他人的判断，无论他们多有名、成就多高，每一天我们都处在同一个空间里，是一个共同体，对话、互相的纠正必然能提升生命的质量。但的确对于很多人而言，他们对历史、真理和美只有倾听的份，从来就没有参与过创造。这就导致了艺术和日常的分裂和对抗。

当我们将思想说出来的时候，会不会有一张强大的笑容在天空中浮起，藐视着我们这些渺小的生物呢？他会不会在想，你们这群小生物，我无非是把你们丢到地球来，看看你们怎么繁殖，怎么生活下去；做一个小试验，看你们怎么蹦，你们的思想怎么翻也翻不出我的五指山？事实上，我们的思想无法抵达任何地方，我们只是说着人类的一点意识、一点点愿望，这么一点点经验，就花了几千年的时间。别以为我们能够走多远，没有多远！但人类的尊严和骄傲，并不在于我们可以走得很远，而是在于我们能够往前走一点点，或者能守住一点点真实。就这一点点，就不值得去思考吗？就不值得去守护吗？难道就不值得为此而感到骄傲吗？完全是可以的，我们只是尽我们的力量，其他都交给命运，这才是人的本分，也是作为一个有限性的人所能做的事情，这就是全部的尊严和骄傲。

中国人有一种智慧，总是在逃避悲剧性的命运。而文学和激动人心的故事，常常在悲剧性里面凸现一种纯粹的精神。恰恰是这种悲剧性的精神，某种英雄主义——追求纯粹的冲动，在文字之中是那么的激动人心，对人具有强烈的诱惑性。悲剧性精神的确能够把人带到一个崭新的世界，能够超越平庸的日子。

日常的那点情绪不在诗歌的思考范围内，诗歌不屑于去成为生活的映像。诗歌是要创造世界的，要把那个不曾有的，至少是我们文化生活中不曾有的那个世界呈现出来、建构出来。那个世界确实存在于那里，只是需要通过语言去把它呈现。

呈现另一种生命状态

所有的诗歌写作，都是关于生命的想象和实践；所有的诗歌写作，最后都是生命的呈现；总的来说，所有的诗歌，最终都是关于生命的诗学。它是关于生命如何有尊严、宽阔、充满爱地活着的诗学实践，是在追寻和建构一个完整的生命。

写作要求我们必须有更加丰富的内在世界，更加有血有肉，要去把生命中隐藏的东西，或者自己没有意识到的东西挖掘出来，让它们萌芽、肆意生长。生命必须不断把自己推到一个更高的高度，保持一种伟大的幻觉。这种伟大的幻觉必须成为写作的天命。那时候生命才能有更坚定的意志和信心，而不被外部的生活所动摇。但这个社会总是要把人塑造成一个小人物，让他们意识到他们只是庸常生活中的一员，而不是人类进步历史中的一员，很多人因此而生活得畏葸不前，目光短浅、得过且过，从来不敢把心胸打开在更广阔的世界里。自由的生命是与天地、与人类的历史、人类的命运融合在一起的生命，这样的个体，才能感觉到活着时生命的张力。个体拥有自由的、丰盈的内在世界的感觉，才使生命能够体验到丰沛的血液在体内激烈地涌动，这种感觉是我们有如夏花的生命值得一过的底色。只有将生命扎扎实实握在自己手中，这生命才不会像畜生、像梦幻一样被毫无知觉地度过。

写作只能是为自己的内心而写作，为自己内心中所想象的伟大世界而写作。写作就是向历史中那些伟大的灵魂、那些伟大的艺术家致敬。写作的现实意义就是自我拯救，是不断自我提醒、自我完善的道路。

但是艺术产生于问题之中，如果问题不断减少，艺术的动力也可能会减弱。那时候世界又是一个什么样子呢？窗明几净，一尘不染。艺术是否属于大地？这也成为一个问题。在我们进入太空生活之后，我们还依然需要艺术吗？

关于循规和出轨。出轨就是旁逸斜出，就是另辟蹊径，或者重新开创道路，那绝对是美好而富有活力的选择，循规才是被规范、被驯服的生命枷锁。

创作不是目的，但它可以告诉你，你的生命可能性在哪里。忍耐、妥协是生命的一种痛苦，但它也在告诉你生命的可能性。普希金说，没有幸福，只有宁静和自由。幸福是一种虚幻的感觉，它是没有条件的，你感觉到了，它就存在。一个孤独的人，也可以是幸福的，一个在深山老林里的人、一个一无所有的农妇，也可以感到幸福。我们要追寻的是自由，内心的自由，是觉醒的思想能够得到张扬，不被抑制。那才是目的。

写作吧，写作就是拯救，它反抗平庸，抗拒遗忘。写作让我们觉醒，走向深邃和丰富。写作给我们创造了一个不一样的世界。

"我是"和"我要"

　　写作就是修炼。信仰的抵达有两条路径，其中一条路径直接就是"我是"，我自身就是信仰的本质，从神秘主义角度是不用证明的，但这必然陷入专制主义的泥潭里——事实上"我是"是可以检验的，也必然要经过经验和理性的检验。"我是"，然后做你内心要求你去做的所有事情，或者说你的所有的举动都是"是"，一切行为都有这个"是"的属性，也就是信仰的属性。这些天生就"是"的人是天才，包括某些诗人。你如果天生是诗人，你说出的话、写下的每一个字都是诗，而且是非常广大的，是开辟人类前进的道路的，这就是"我是"。而另一条路径就是"我要"，先发愿，然后沿着这个愿不断去修炼。这条路径的起点当然要低一点，而且，能修到哪里算哪里，要看造化。无数写诗的人也是如此，从外部慢慢修到内部，这些诗人，那就是小一点的诗人。就像我，我就是慢慢去修炼，看到了某些微光，追寻它们，一步一步走，走得很不成熟、很不完整，而且有时候也很没力量，但一直在努力，这就是"我要"。虽然这不是天才式的道路，但它也构成了一个召唤。无数的人，无论在信仰还是在写作上都是这种情况。像策兰，他直接就进入犹太教的信仰和20世纪最具人类苦难象征的生存，两个核心东西他都占有了。你看他诗歌开始的时刻就跟信仰和苦难有关，并在此基础上产生了语言，或者说赋予了言语信仰和时代的经验及灵魂和血脉，所以，他的诗歌在20世纪成为标志性的诗歌，就像他在大学的同事德里达所说：策兰赋予语言一副身体，实际上，就是他把20世纪的语言带入了时代和世界，使语言与时代、世界融为一体。

对于写作者，重要的是思考一个问题：你要选择怎样的道路，也就是你要创造一个什么样的世界？每一个诗人都是在创造一个世界，这个世界当然跟自己的追求、想象，以及文化支撑、信仰和意志力等等有关。最终创造的世界，如果能够在文学史中独立存在的话，意义非凡。虽然我们说无所谓这些得失，但这种想象构成了我们写作生活的一个召唤。

策兰的这种天然的、自动的、非理性，甚至是下意识地写作，重要的前提是清楚"我是谁"。"我"是否构成了一个时代或者一个世界的象征？这是要被追问的，要反观自己，先看清楚自己。因为人是被时代、被教育、被生活、被原生家庭所塑造的，所以塑造的源头是否足够支撑起一个有价值的诗歌世界，这当然要被追问。我可能是反过来，我是用诗歌来引领和建造生命，或者说是用诗歌来召唤生命。因为我总是觉得我们在现实中的生命是羸弱和匮乏的，它需要诗歌来修正、引领、丰富。

诗人写诗有两条路径，一条是"我是"，另一条是"我要"。"我是"的写作是诗人内在生命的本性，是由内在驱动力驱动的。当一个诗人体验到"我是"的时候，他必然有明确的来路和去向，他的内在体验必然与人类的历史、命运融合在一起，他知道"我是"在历史中的意义和价值。就像兰波，十几岁就写出了伟大的诗歌，他就是一个"我是"的天才式诗人。天才诗人都是"我是"的。当然，"我要"也可以通过不断的修正，重新塑造自我的生命。"我要"实际上就是一个不断修正、塑造自我的过程。这些诗人的诗歌世界也是一个不断锤炼、锻造、构成的过程。无论是"我是"还是"我要"，最终都是要走向像佛家说的"无我"，与历史和文明的发展方向融在一起。

抵达安静之境

布罗茨基在西方的诗歌历史里最多也就是三流的诗人，但我们连这样的诗人都没有，这当然跟我们的文化有关系。人是被文化塑造出来的，什么样的文化在塑造着你，你的世界就是什么样的。在唐宋时期，我们的文明可能也达到了世界的最前沿，但是我们后来没有继续往前推动发展，渐渐地我们的文化就变得软弱狭隘，甚至留下了许多腐朽的文化糟粕。人的完成度不高，导致我们的诗歌所创造的世界，放在世界的诗歌史里来看，还是低级别的。我们也没有贡献出什么新的思想来改变这种状况。

诗歌不仅仅是思想，诗歌当然也需要很强的技术性，技术性和思想是统一的。技术、情感的某些方面做得好，就已经很了不起。

然而，创造思想，那是最重要的。借用他人的思想，你也可以成为一个非常好的抒情诗人。但这种抒情诗人肯定不是一流的，甚至也不是二流的，顶多就是三流的。而三流的诗人已经可以称为伟大的了。

伟大的心灵都有共性。当一个具有伟大心灵的个体写"我"时，他也是在写我们、写时代，因为他的个人经验跟广阔的社会生活、历史已经融为一体，"我"和"我们"这时候已经不可分了。所以"我"是要修养的，要培育的，要不断重新加以塑造的。当"我"以人类的历史、广阔的社会生活融入到自我的生命中时，"我"也就是"我们"，可以代表历史的声音；如果"我"的内在世界足够宽阔，具有超越性，那他所创造的世界就有了超越性，他的诗歌的世界、他所创造的空间也会是宽阔的。

诗歌和生命并非非此即彼，并非彼此相分离。当诗歌在笔下生成时，它就跟生命融为一体，它们有共同的属性，当你追寻诗歌时就是在追寻生命的方向。如果能够不把作品和生命分离开来，选择为难这个问题也就不是问题。你也不用担心你的创造力，正常来讲，生命之中，在一段漫长的时间里，它是不会消失的，虽然有时候会有情绪的波动。就是真的消失了，你的生命也会因为曾经的追寻而到达一个新的高度，那时你已经不必、也不会为此而担忧、害怕。担当自己的命运，害怕也没有用，重要的是不要有分离心、分别心，写作跟我们的生命是融为一体的，写作在哪里停止就在哪里停止，它在哪里辉煌就在哪里辉煌，可以把这一切都交给命运，因为你作为一个有限者，你是控制不了的。为了自身的尊严，不用去在意它带来的得失，用心守护好心中的诗意就可以了，一切都会在时间里发生、变化。

有没有一个隐秘的读者，这取决于写作的目的。远古时代，在文字的创造初期，文字的功能是记事、祈祷、倾诉，潜在的读者是绝对存在的，文字被雕刻、铸造、书写出来的目的就是要告知他者，或神，或上司，或臣民，或未来的人；书信、赠诗等等，也是有明确阅读对象的，当作者出现的时候，就有一个隐秘或明确的读者存在。但到了当下，文化上强调个体的价值，写作成为自我完善、自我发展的道路，许多写作取消了隐秘的读者，卡夫卡写完了小说，却让遗嘱执行人把他的著作烧掉。

卡夫卡的精神核心非常安静，我说的是精神核心，不是他的生活。卡夫卡是从西方的哲学以及个人的意志走进去的，到达了非常安静的地带。卡夫卡抵达的地方虽然是安静的，但就像一个暴风眼。他通过这个核心往外看，这个世界的荒诞性就浮现出来。

卷十

每个诗人都有一座花园

　　诗在哪里？这个话题很容易成为一个玄学的话题，因为我们从来无法定义诗在哪里，一说出来，可能就遗漏掉属于诗的真正的东西。但是我们的心能感受到诗的存在，能真正感知到诗确实存在于那里，那诗所指的，是我们可以皈依的地方。

看穿"热闹诗歌"的假象

　　"诗是世界的投影"，此世界并非现实的世界，而是指诗人建造的世界，意思是诗人写下的诗（诗歌）是他内心中、也是他构筑中的诗意（诗性）诗歌世界的反映。一个诗人心中有什么样的诗歌想象和诗歌抱负，就会反映到他写下的诗歌中。一个诗人的内在世界有多宽广，他的诗歌就有多宽广；一个诗人的世界有多深邃，他的诗歌就有多深邃。诗人的世界由他的一首首诗构筑而成。

　　从外在接受角度来讲，诗歌是被时代的文化、社会心理和风俗习惯所判断的。占有文化主导权的机构会从自身认同角度选择符合要求的诗歌，并给予奖励、推广；而社会大众会依据自身在社会生活形成的大众心理，来对诗歌进行喜好或厌恶的判断。大众在共同社会环境下生活，就形成了基于共同的经验的社会心理。社会心理是指社会普遍人群的共同心理，文化、制度、教育、家庭、遗传基

一个诗人的内在世界
有多宽广，他的诗歌就有
多宽广；一个诗人的世界
有多深邃，他的诗歌就有
多深邃。

因、社会关系塑造了每个人的人格，相同的社会生活和时代文化造就了社会的普遍心理；只有极少的个体能溢出时代的规范，而抵达一个更高远的地带。对于被社会所广泛接受的诗歌、那处于热潮中的诗歌，你了解了时代的文化、意识形态和社会心理后，也就基本知道这些诗歌有多少成色了。基于诗歌的诗性建构与现实、与诗人处身其中的社会有着内在的、类似于土壤之于植物般的关系，我们必须进入我们的时代及我们的社会生活，才能更深切地理解诗歌或者看穿某种"热闹诗歌"的假象。风俗习惯是建基于我们的历史文化和在历史生活中形成的美学趣味，它既是诗歌美学继承的对象，也是要超越的对象。

请勿在谎言中沉睡

我们生活在这里，并不是天然地就生活在社会里、生活在时代里。所谓社会和时代常常可以通过教育、宣传和种种致幻性的表象（如时尚生活、物质消费、媒体宣传）来营造一个虚构式的社会。真正的生存常常处于被遮蔽和扭曲之中，或隐藏在假象之下痛苦地挣扎着，或在恐惧和谎言中沉睡着。

当人成为万物的最高尺度的价值观建立之后，人的形象在诗歌中的完善程度也就决定了诗性的强度，这强度体现在人与现实的张力和意志的平衡上。因此，进入现实的深度和广度成了诗性强度的

一个标杆。从这个角度看，人的出现也并非是自然而然的。人是被
环境、教育、制度、家庭、社会关系所塑造的，如果缺乏一种具有
人类意义、世界意义的文化参与到人的塑造中，以及人的真诚和勇
气在个人品质中的扎根，人会像装在瓶子里的软虫一样成为瓶子的
样子，而消失在异化和无知的黑暗中。人的无知和异化也必然导致
诗性和诗意的消失和隐蔽。

　　我们生活在后现代的话语背景下，虽然现代和前现代的意识形
态还强烈干预和规范着我们的生活，但在民间由于资本和物质生活
的推动，后现代的生活方式和价值理念已得到普遍认同。后现代生
活是对现代性历史生活的反思结果，是去中心化、平面化、反抗秩
序化和边缘化崛起的社会思潮，这一潮流无疑为民主的历史生活打
开了一个缺口。但艺术和科学并不能交予民主的讨论，它们有自身
的规律和原则需要守护。因此，后现代主义思潮是对社会生活的描
述和期许，而不是后现代历史生活的艺术原则；至少在多元的背景
下，在面对时代"危险所在之处"（海德格尔语）的拯救时，谈论
诗性和诗意的可能，是十分有必要的。它为多元的社会生活守护着
高远的那一维，使时代的思想不至于被彻底抹平而消失在众声喧哗
的平庸中。

　　"诗性""诗意"这两个词在许多诗人和评论家那里常常被
混用，在大众那里可能只剩下"诗意"一词了，用来指那些有意
味的东西；辨析清楚一点的评论家可能会在更广泛的意义上使用
"诗性"一词，带有"诗"的属性的社会文本和书写文本都可以用

"诗性"来描述。但在我的诗学范畴内，这两个词的使用是指向诗歌和诗的不同的领域的，诗歌对应的是诗性，诗对应的是诗意。海德格尔对诗和诗歌有不同定义，对于"诗"的定义，他有着极高的要求，他说："诗乃是对存在和万物之本质的创建性命名——绝对不是任意的道说，而是那种让万物进入敞开的道说，我们进而就在日常语言中谈论和处理所有这些事物。"①在《……人诗意地栖居……》一文中，他意识到人已不可能永远地栖居于诗意之地，很大一部分诗人已经从诗意的筑造——作为存在世界的推动者又是被推动者的工作——进入文学的行业，诗也就表现为文学。"我们今天的栖居也由于劳作而备受折磨，由于趋功逐利而不得安宁，由于娱乐和消遣活动而迷惑。而如果说在今天的栖居中，人们也还为诗意留下了空间，省下了一些时间的话，那么，顶多也就是从事某种文艺性的活动，或者书面文艺，或者音视文艺。诗歌或者被当作玩物丧志的矫情和不着边际的空想而遭否弃，被当作遁世的梦幻而遭否定；或者，人们就把诗看作文学的一部分。"②从"诗"和"诗歌"这两个词的不同定义，我们能意识到它们不同的维度和指向，"诗乃是对存在和万物之本质的创建性命名"，是"让万物进入敞开的道说"；诗歌乃是文学活动的一个部分，是在向还留下空间的诗意不断靠近的文艺性活动。当然，诗人作为同样的被驱逐者

---

① [德]海德格尔：《荷尔德林和诗的本质》，载《海德格尔选集》，上海三联书店，1996，第319页。

② [德]海德格尔：《……人诗意地栖居……》，载《海德格尔选集》，上海三联书店，1996，第463页。

并不甘于这种命运，他们的书写依然还有一部分在努力地向诗意挺进。但我们从这定义中辨析出诗性作为诗歌的范畴，它葆有诗意的属性，但已经趋向于弱化，它是关于存在的存在。在文学史中，我们可以把诗性定义为它既是建立在现实的基础之上，又是对诗意永怀着眺望的理想主义选择。诺贝尔奖获奖诗歌总体上是这一维度上的写作，它们既面对人类的历史生存和现实生存，又保持着对诗意——那宽阔的、有尊严的、充满爱的世界的追寻。这就决定了诗性对当下真实的现实生存的切入的重要性。幻觉般的生存并不能使诗性产生，甚至会陷入野蛮的状态。对法兰克福学派的阿多诺的那句名言"在奥斯维辛之后，写诗是野蛮的"，虽然有不同的解读路径，但它所提示的苦难与诗歌的关系却是无法忽视的，历史和现实的双重生存对于现代诗歌来讲，就像命运一般是无法逃避的，它就像根基一样要求诗歌必须把根深扎于这块土壤之中。如果我们把荷尔德林的诗句改为"……人，诗性地生存于大地……"，这可能是现代的最低要求了，无法"诗性"地生存也就使人在万物中的地位变得岌岌可危，人之为人的底线也就被彻底抽离了。"诗乃是对存在和万物之本质的创建性命名"，诗意乃是诗的范畴，诗意对应的是存在和万物之本质。

我们必须面对时代，面对置身其中的生存，必须有能力去凝视它的方方面面并抽身出来，逃避只会让诗歌变得软弱。任何没有能力触及现实的诗歌，都是缺乏力量的。当然，诗歌的功能不仅仅是作为历史的见证者——即便是作为见证者也不是简单地再现现实，而是必须有一个更高的他者；更重要的是它担当着创造世界的责任。

诗歌存在着一个最高的维度，那就是时代诗意的所在，这实际上涉及关于人类未来文明形态的想象，能够指向未来世界文明的带有本质性创造的文化想象。未来文明的可能性在哪里？这是很值得我们去思考的问题，并值得我们在诗歌中去呈现。不同的生存环境，写作的指向肯定是不一样的，我们肯定必须忠实于自己生活的这片土地，但是一定要思考人类更美好的生活在哪里、未来的文明在哪里，并且去追寻这个方向。只有在这个向度上追寻，诗歌的空间和可能性才能打开。这就给诗歌留下了无限大的空间，因为我们绝不可能抵达，我们只能在通往它的途中。对于个体，在写作的过程中，每一个字都在唤醒我们的生命，拯救我们的生命，让我们的生命不会被现实裹挟、淹没。我们可以通过写作，通过每一首诗的缝隙看到光，看到拯救的可能，我们能够通过这诗歌去呼吸、成长。

命名属于诗的世界

一个真正的诗人在萌生诗意时，一个诗性、诗意的世界就犹如未知的世界存在于他的生命里。这个世界是未知的，因为诗人还未抵达，他只是在去往诗的途中。所以那世界也是隐晦的，还未被命名，但在诗人的脑海中已经有无数关于诗的信息在汇集。

一个诗人一生的任务就是建构一个诗性、诗意的世界，或者说，就是把他生命中所能体悟到的世界呈现出来。一个成熟的诗人，必须对他所要建构的诗歌世界有所想象，并且努力去呈现这个世界。这就使他写下的每一首诗都有那个世界的属性，使他写下的每一首诗都构成建设他的诗歌世界的一块砖、一片瓦。我们也正是通过他的一首首诗去辨识和认定他的诗歌世界，并最终命名他的世界。

世界先于诗的产生，慢于诗的显现。世界隐藏在一首首诗中。虽然每首诗都具有世界的属性，在漫长的时间中，借助灵感和某些宁静的时刻而在纸上落下，但每首诗的存在又像拼图块一样，它们将在往后的日子汇聚在一起，向世人显示诗人所拥有的世界。

诗的世界孕育于时代的文化里面，但已经显现的文化不一定必然催生出诗的世界，它需要强者诗人通过语言去呈现。这有如在公元前的地中海周围，犹太文化和古希腊、古罗马文化在同一时空存在着，冲突、共生。而在这一历史环境下，事实上蕴藏着诞生种种新的世界的可能。纵使时代文化已经准备好了孕育新世界的土壤，倘若没有强者诗人的出现，那诗的世界也会隐匿并最终消失于历史的汪洋大海里。

在每一个时代的历史进程中都包含着两个部分，一部分是显现文化或者说现有文化，它在所有的制度设计和贯彻中，也在所有的书写和日常规范之中，它被大众所分享；另一部分是想象文化，它和现有文化具有同胞的属性，但又隐匿于现有文化之中。想象文化是现有文化的隆起、旁逸斜出或更新换代，是构筑未来文明的基础或开创未来文明的先驱，或者就是未来文明本身。想象文化也可以成为时代文化的最高可能，既然是可能，就包含着显现或者隐匿的可能，它需要伟大的哲学家、诗人的创造和呈现。中世纪末期的宗教文化就是那个时代的显现文化，而人文主义就是那个时代的可能文化，是但丁和后来的莎士比亚、马丁·路德、达·芬奇、米开朗基罗等人推动了人文主义的兴起，形成了文艺复兴。

诗意之诗就是呈现那个被最高文化可能通知的世界的诗。诗意之诗本质上是筑造。诗性之诗就是用时代的具有普遍人类意义的文化、思想去关照我们置身其中的世界并重新创造的富有勇气、尊严、宽阔、有存在感的世界的诗篇。诗性之诗本质上是抒情，是召唤。而诗意之诗并非在任何时代都存在，它只有在时代酝酿着变革之时，才可能出现。

诗性正义在于诗人对世界文化的眷恋。

为何说诗歌是最高的虚构？散文、小说是对经验世界和思想世界的呈现，它使用的材料是词语，只有一层虚构。而诗歌既虚构了语言，也虚构了一个诗性、诗意的世界，诗歌是双重虚构。诗歌把经验世界（历史经验、个人经验）和思想世界转换成语言，再借用语言建构一个新的世界。筑造诗的基本材料是语言，不是词，语言是从世界散发出来的，也是筑造世界的材料，它有着世界的属性，而每一个世界都有自身的语言。世界、语言、诗（诗歌），三者具有共同的属性。这三者有如太阳、光线和落到地上的阳光；太阳发出千万缕光线，光线有可能落在月亮或者消隐在茫茫的太空中，也可能落在广袤的地球上，落在地球上的有些又被乌云遮住，我们能收集到的就是落在我们身上和周边很小的一片，这就是诗或者诗歌。世界、语言、诗（诗歌）三者这时的共同属性就是光和热。我们借助诗人写下的一首首诗而目睹了他的诗歌世界，因为他的每一首诗都具有他的诗歌世界的属性。诗是世界的投影。

我们从未与世界相遇，但世界就存在于那里。所谓"那里"，就是指世界要么存在于世界之中，要么存在于诗人的想象里。现代主义①之前，我们可能还浪漫地以为能直达这个世界，但经历了对工具理性和人性的两面性的反思后，我们清楚地意识到必须披荆斩棘，通过面对苦难、破碎和一切短暂之物，才能抵达"那个世界"。那世界应该饱含着曼德尔施塔姆所眷恋的"世界文化"，这文化包括东西方活着的文化，具有朝向人类未来的文化，或者在某人已经开启的想象文化中。

对于诗人来说，这世界是隐匿的、被遮蔽的，还未向我们敞开，还未被诗人建造出来。诗歌世界存在于两个维度：一个是诗意的维度，另一个是诗性的维度，它们分别对应诗与诗歌。诗和诗歌也是两个不同的概念，我们常常统称为诗歌。诗是诗意的，而诗歌则是诗性的。诗性的诗歌必然触及现实，而诗是超越当下的，指向存在，具有一种纯粹性和神圣性的特质。在古典时期，这种划

---

① 兴起于19世纪末的西方。

分并不明显，当时世界处于隔绝和大一统之中。在中国，自然精神和儒仕精神统领了诗的书写的两千多年历史（自孔子以来到20世纪初）；欧洲则从神和英雄的叙事，到神庙坍塌——当人成为历史的主角，再到浪漫主义的崛起，诗人依然相信一个不被破碎和黑暗侵蚀的世界。但进入现代主义之后，完整的世界遭遇了工业的高速发展和资本帝国主义的摧毁，世界面临着文化的重建和普遍创伤的修复问题。这就为诗歌世界开辟了两个建设的维度。

我们可以像历史中无数隐匿的伟大天才一样消失在时间的虚无里，或者像所有高人、圣徒、大德高僧一样沉寂在孤灯野火中。但由于我们生活在俗世里，在世俗世界里，我们不可能去面壁，或者在一个封闭的空间里修行，并去保持不被外界侵蚀的心。我们必须依靠语言来构筑一个世界，洗涤和澄清我们的灵魂，在写作中获得生命的力量。事实上，写作就像出世者建造一个山野或寺庙的空间一样，保存着一个与现实保持着古老敌意的灵魂，或者保存一个抵达更高世界的安详灵魂。因此我们写诗，建造一个有力量的、具有超越性和神圣性的空间。

艾略特在《传统与个人才能》一文表达过这样一个观点："诗歌不是感情的放纵，而是感情的脱离；诗歌不是个性的表现，而是个性的脱离。"即是说，诗人由某些具体事物唤起的个人情感、情绪和他的个性表达在诗歌中并不具有多大的价值。在同一篇文章中，艾略特还说："诗人的任务并不是去寻找新的感情，而是去运用普通的感情，去把它们综合加工成为诗歌，并且去表达那些并不存在于实际感情中的感受。"他的观点和海德格尔有异曲同工之妙，海德格尔就说过："诗人的特性就是对现实熟视无睹。诗人无所作为，而只是梦想而已。他们所做的就是耽于想象。仅有想象被制作出来。"他们同样表述了一个诗人写作的责任，诗人的职责就是创造一个区别于现实的世界，这个世界我们称之为诗性的、诗意的世界。当然，这世界与现实有千丝万缕的关系，它是被时代的世界文化或者说被最高文化所照耀，当然它也反过来创造时代的最高文化，它和人类的最高祈祷有着隐秘的关系。但它绝不是现实的映像，"诗歌与现实有着古老的敌意"，许多人热衷于抒发他们被秩序裹挟的日常感受，把个人的情绪当成独一无二的体验，那都是误入歧途的自夸。

我们所处的时代是一个大众主导的时代，在古典时期是由英雄和文人主导的，而在这个时代大众成了英雄和主导者。大众是不生产思想的，他们只消费思想，另一方面，讨好大众的诗歌（艺术）也不产生思想，这就使在大众主导下的写作陷入了双重怠工的局面。这就要求诗歌必须在现实文化的基础上，展开文化想象。只有放弃对大众的期待，从他们的趣味、阅读惯性中抽身出来，重建新的文化高度和摸索新的技艺表达，诗歌才可能从平庸的泥潭中脱身。

20世纪80年代以来中国诗人的诗歌写作大多数都是乡土写作，他们脱离不了几千年乡土中国对他们的规范、制约，这就是"第三代"诗歌运动以来出现如此多的色语、酷语、秽语写作的原因，他们获得了寻求宣泄的大众的大面积欢呼。大众在这场运动中仅获得了浅层次的启蒙。大多数诗歌仅是在自然和田园的和风中的安全写作。只有城市诗歌在下意识的选择里得到了现代性的拯救，脱离了前现代的审美趣味，面对城市，就是面对现代的商业、物质的逼迫，在抗争中逐渐形成了现代的力量和现代的诗性。

"我们时代"是否存在，或者只是一些幻觉？如果我们无法进入我们时代，诗性和诗意就无法获得真正的展开，或者必然要迷失在意识形态和各种应激机制产生的社会心理的糊弄下。"我们时代"应该建立在阿甘本的"同时代人"的诗性正义的观照下，但"我们时代"在诗性和诗意不同维度的关照下，也会出现两个内在属性相通而指向不同的"我们时代"，一个是历史/现实的"我们时代"，另一个是文化/诗意的"我们时代"。由于诗性维度是建立在现实——历史现实和当下现实——的基础上，"我们时代"无疑必须面对真实的生存——疼痛、恐惧、谎言、扭曲、异化，只有在最不可言说、最不允许言说的地方言说，才能真正抵达"我们时代"。20世纪60年代之后，西方意识到未来能给文学提供动力的源头应该在发展中国家，这是西方价值在向世界扩散过程中，在社会秩序重建历史中出现的现象；这现象也可以从诺贝尔文学奖的获奖作家的比例看出来，许多非西方的作家和移民作家获得了该奖，那些具有多地区背景和熟悉跨文化交流的作家日益受到诺奖的青睐。特别是20世纪80年代之后，西方资本主义的社会生活、经济秩序已得到恢复，进入了平稳发展的时期，经济的快速发展和社会的稳定使文学从中获得的精神张力因而缩小；我并不是说他们的思想深度和广度会因此变得肤浅，而是说与第三世界的动荡和急剧变化给文学提供的新的题材和社会动荡提供的诗性张力相比，其精神张力会相对弱化。那该如何理解历史/现实中的"我们时代"呢？现实往往被不同阶层利益者、不同的诉求者从不同的角度加以描述，但具有穿透力和怀抱着人类美好生活的愿望并且富有勇气的面对者，他们所看到和体验到的世界应该更逼近我们时代的真实；或者换一种说法，诗性的展开就是必须不断逼近时代的真实。只有在苦难中才能打捞出时代的诗性和诗意。

语言在语言学中可以被称为符号，是所指和能指的结合体，也是概念和音响、形象的结合体。在诗歌的世界里，象征就是语言的能指，诗性、诗意的语言就是无限地扩大语言的象征力。象征力达到饱和并把外在的逻辑压缩到最低时，诗就进入了象征主义。诗性、诗意的语言是有意和有像的，而词只有意，所指吞没了能指。所指是被不断定格、规训的语言部分。

诗性和诗意的语言建构一个具有诗性、诗意的世界；而相对的是，工具性的词、词语描述的是一个科学性的、具有意识形态的现实。

大众是受现有文化所规训的，现有文化越扭曲、规训力越强，大众就越扭曲，对诗性、诗意的体验力越弱。

诗歌的接受程度存在于两个时间维度，一个是当下的，另一个是历史的。当下的接受程度是被时代大众的文化、心理及习俗所定义的；历史的接受程度是被未来的——那离开当下的文化、制度需求——文化以及新的人类追求所定义的。历史与当下既互相呼应又互相剥离。

　　每个诗人都有一座花园，这座花园就是诗人的诗歌世界里坚定的那一部分，是他诗歌世界的基石，它不被世俗生活所影响、所动摇，甚至不被时代的风云所撼动。这个花园跟历史、人类文明，跟诗歌的伟大传统结合在一起。

　　只有诗意的人才能看见诗意的世界的存在，并置身其中，其他人无法感知，也无从相信。有灵性的人，诗人把诗意的世界创造出来后，他也能够看见；而有些人，哪怕诗人把诗意的世界创造出来了，他依然是看不见。人的区别实在是非常大的。诗歌创造的是不存在的世界，但是它被创造出来了，它就存在了，无论你能不能看见。

诗歌世界的庇佑

　　是的，那个世界跟人类伟大的历史、灵魂融在一起，所以我们触摸到那个世界就会获得力量，会满怀喜悦。我们有责任把那个世界呈现出来，告诉人们关于那个世界存在的消息。呈现那个美好的、诗意的世界，就是诗人的天职。不同的路径通向不同的地方。在茫茫的人群中，总有一些人能够感知到那个世界的存在，并以他独特的方式去加以呈现。诗人是用语言，哲学家可能是用思辨、逻辑，宗教家则是用语言、冥想来告诉人们那个世界的存在。

信任诗歌，继续这样做，不用多久，诗歌就会开始慢慢给你建造一个世界，你在里面会获得力量，会更加从容、更加通透；在那里面，你的世界会不断舒展，栖居和建造都在同一个时刻进行着，你的生命在这个过程中将会壮大。那沐浴在这光中的生命，他是愉悦的、确信的，一切诱惑都比不上这一刻所拥有的正义。诗歌会庇佑我们，诗歌会给我们栖居之地。这个物质的世界里一切都不稳定，都在变化之中，而诗歌的世界是牢固的，当我们触摸到它的时候，它就实实在在地存在于那里，那么有力量、那么美好。人在里面是安详的、喜悦的。诗歌世界之于我们，是如此的慷慨，只要进入其中，我们就能够在里面获得庇护之感。

是的，只有放弃外部的竞争——我的意思是不要让世俗的得失过多占据你的心灵——才能转入对内在世界的探索和挖掘，也正因为这种放弃和拒绝，才能使我们在内在的世界里越走越深远，越走越广大。诗就是呈现，就是在呈现这个深远、广大的内在世界。虽然每人都有一个内在世界，但有的人里面空无一物——这个内在世界并不是所有人都能经历或者看见，而诗人的任务就是把这个世界创造出来。

诗歌从我们的生命里散发出来，它反过来也要作用于我们的生命。我们写下的词语，由此所引发的思考、追寻的价值和方向，以及想象中的世界，都必然要作用于我们自身的生命。诗歌对我们的生命构成一种召唤、一种滋养；我们的生命、行为，也在呼应着诗歌。

当代的诗歌还停留在修辞、词语这样一种文胜质的阶段，这样的状况下完全失去了音乐性，失去了内在的节奏。这跟这个时代中人强悍的生命力的丧失有关系，也就是说我们内在的声音现在还非常虚弱，只有靠学习、挪用得来的知识，只有一种通过不断打磨、雕琢而来的带着很强修饰性的诗歌形态。这是强大的生命力的丧失和内在声音的羸弱所导致的。

意义是相对于价值而言的，意义是诗性世界的事情。当诗歌面对现实时，文化诉求、价值立场是诗歌对抗现实挤迫的精神之源。这也是曼德尔施塔姆所说的"我的一切写作都是对世界文化的眷恋"。但在诗意的写作里，诗将不再纠缠于意义，它是无中生有，它只创造世界。

诗歌的本质要求就是让我们到达高处，让我们宽阔，没有障碍，没有畏惧，充满爱，诗歌需要这个高度。通过诗歌，我们体验到了生命的这种可能。以这个高度的眼光和胸怀来关照现实，我们就能够深切地体会到人生的苦难、不屈和欢乐。当我在这个维度上目睹这个社会和芸芸众生的生活时，反而会对世界葆有一种深沉的爱，想要用眼泪和欢笑去拥抱这个世界。这种情怀可能有点类似于慈悲，去爱和悲悯这个世界，包括身在其中的自己。

　　诗意存在于幽暗的角落，在无人的地方，诗意不会在现实中出现；现实中只有诗性，那是被诗意观照的事物。在现实中，你必须依靠自身的力量、智慧，去避免伤害，去建构世界。诗意只会在无人的地方告诉你它的存在，在被诗意观照到的现实中，诗性出现。

　　一个意象就是一个世界。有时候因为它太过庞大，要去揭示它，就必须丝丝缕缕地去分析，把各种各样的知识、经验贯穿到这个意象里面，才能超越种种迷障而抵达这个意象的本质。作为一个诗人，抓住这个意象就够了，不能说得太清楚，也没这个必要，说得太清楚，就不是诗，意象的张力就会被削弱。诗人在一定语境里使用一个意象，有经验的读者就知道这个意象所包含着的丰富的内涵。

卷十一

写诗就是求道

诗歌亲人

　　这个时代的诗歌呈现弱化的趋势，一个原因是诗人自身生命丰盈程度不足，内在世界贫弱、意志力薄弱和献身精神丧失，这些关乎个体生命完善的匮乏；另一个原因是来自环境的扭曲和剥夺使诗人把一种温和化的伎俩转化成对修辞的雕琢。内在精神的丰饶包含着对外部压迫毫无畏惧和敢于反抗的意志，只有这样的生命才能抵达自身的高处；也只有内在精神的丰富和意志的坚定，才能保持情感的强度；而情感足够强烈，诗歌才会呈现一种透彻的、直达本质的效果。这样的诗的书写，才能呈现一个清澈的、强大的、深邃的世界。

　　诗歌亲人之间是以诗歌为血液缔结的人际关系，在人群中肯定存在着这样的关系。诗歌亲人之间是没有乱伦的，他们可能越亲密越好，越亲密越能够推出或者孕育出更纯粹的诗歌血统。这种关系牢不可破，不会被庸常的日子拖入乏味的深渊；它是欢乐的，被诗歌引领着向上。

　　生命能通往哪里？该怎么办？阅读、思考，用时间听从自己生命的造化，命运会有自己的选择和判断。我们也不知道该怎么办，我们只是在去往它的途中，怎么能为它命名？我们没有能力为那个尚在途中的世界命名。我们这个生命能够觉悟到哪里？生命能否丰盈起来？我知道这是非常艰难的，因为我们的环境是贫瘠的、扭曲的。个体生命渴望成长，个体的内在世界能否抵达丰饶之地，这要看上天有没有给你这个命。

道法自然，自然中必有道，道必须经由神圣，孕育了神圣的精神，化身为道德、意志、信仰和感悟力；神圣的载体为神殿、经典和自然万物。道由神圣化入无影无形，神圣法行自然法。

我们要建立的世界带有偶然性，如但丁的《神曲》，它企图无限接近真理，但它使用的是理性的法则。

文学中诗性、诗意的产生有一个很重要的背景，就是面对生存真相的问题，面对现实的历史语境。古典时期的文化是面对自然、面对农耕社会的，那时人们置身于自然，在自然中劳作，在自然中获得食物，生产力低下，在自然中死亡。这是人类命名外部世界的时期，文学的重点落在外部自然上面。而在现代精神和理性快速发展时期，我们就要在生存中展现我们的复杂性心灵，我们要在矛盾性中拓宽我们的精神边界。所有怯懦、恐惧、逃避，对生存真相的无视，都会削弱现代诗性和诗意的表达。在恐惧的现代时刻里，对山水农耕的书写，就是对诗性、诗意的遮蔽，事实上就是逃避和犬儒的抚慰，也是对过去的模仿和对艺术异质化原则的背叛。

境界可以不是文学的目的，境界是用于观察的，是参照点。

对于境界的想象必须建立在人类的历史经验和对文明的想象的基础上，境界是召唤。没有境界的写作见不到人生的差异性和丰富性。

所有成熟的诗人写作中要面对的问题是文化张力，而不是语言风格和技艺方面的问题。策兰的历史经验和信仰统一的语言和虚拟的网络语言风格就是不一样。语言的文化张力关涉历史、对当下生存真相的判断和生命的可能性选择、社会生存的底线选择，以及批判、建构诗性、诗意的文化价值资源及文化想象，当然还有个人面对困境逼迫时的品质和勇气，这些因素才是构成诗人间的差异和最终成就的关键。

写诗就是求道，诗依靠语言建构世界。对于社会、历史而言，诗就是在努力重新建构世界，建构一个可以让人诗意栖居的世界，并把它馈赠给人类；这个世界必须跟人类的文明、未来的文明相呼应，至少，它对未来的文明构成了一种召唤的意义。但对于写作的个体来说，就是求道，在写作的过程中，由诗引领，让自己抵达深邃和宽阔的生命境地。

诗歌通过语言创造视觉性形象。音乐性是诗歌的内在节奏，别把音乐性理解成朗朗上口。五四时期闻一多提出了诗歌的建筑美、音乐美，通过他的实践，我们可以发现他是从外在的形式去理解的，他没有从内在去理解诗歌的建筑美、内在的音乐性。真正的诗歌语言是从世界的内部散发出来的，语言是那个世界的馈赠；诗歌中涌现的每个字、每个词，都是那世界的馈赠。你借助这些文字，把那个世界的形象呈现。文字不是被你主观的情感所使用，而是被那个你要创造出来的世界所使用，被那个诗意的世界所使用的。

"黄河西来决昆仑，咆哮万里触龙门"，不同时代有不同时代的精神状态，李白用俯视的视角和浪漫的手法描写山川大地，很大气，呈现了一个外部世界的壮阔景象——黄河从昆仑山脉里冲出来，进入广阔的平原，黄河水浩浩荡荡，越过龙门。这种气象很大，他的俯瞰视角造就了他的浪漫主义精神，使他的诗歌高人一等。但他和其他古代诗人一样，都是命名了人类的外部世界。在我们时代，我们已进入人类的幽暗内在精神世界，要处理比他的复杂得多的问题——人性问题、政治问题、生命的可能性问题，我们不需要厚古薄今。我们需要非常细微的体验世界的能力，寻找这时代的本质性的东西，并把它呈现出来。在不同的时代，不同的生存环境下，需要呈现不同的世界。所谓大气，不是把世界描绘得气象蓬勃。大气在现代更重要的体现是，能进入更幽暗的、更深邃的地方，把人类的想象力和精神的探索的边界不断拓宽，突破固有的界限，触及现有边界之外的空间。大气跟外部的气象或表现出来的气势毫无关系。

诗歌和现实，既是统一的，也是分离的。在现实中，不可能通过诗歌来生活，但能够在生活中提炼出诗歌，诗意地生活永远是我们追寻的方向。企图把诗歌和现实两者统一起来永远是失败的，但，这是伟大的失败。道路使大地成为大地。诗歌的轻盈和高蹈引领着我们，它为生命开拓了更广大的空间。在诗歌中处理现实经验，是当代写作者必由的途径，而高蹈的精神为写作提供了精神资源。

诗是指向善力量的，它对我们的灵性和善有着充分的信任。诗歌通常是一种情绪的表达，它可能会处在一种伤感和失落之中，甚至有些黑暗的力量会把诗人拖向深渊。

我不会把挫折当成多么巨大的考验，反正，我是一个接受命运的人，我也能听到那内在世界美妙的声音。我信任那个声音，也知道生命的可能性、生命的生长性。我已经处在一种从容之中。

就像我对内在世界的善和美妙的确信一样，我也确信那个向我们发出召唤、向我们敞开的声音的存在，它甚至是无所不在的，而且极其强大。现实和社会具有包罗万象的欺骗性，它用一个世纪、两个世纪的谎言来掩盖这个声音，但是那个善的声音的存在从未消逝。

如果陷落在深渊里，我们就不能听到那召唤的声音。我们可以凝视，可以从它的旁边经过，在这种距离间，才能更好地了解它的存在。就像那个高僧，在涅槃的时候，他的弟子问他转生时希望出生在什么样的家庭。他说，我愿意转生在一个中等的家庭，不会被过多的物质所迷惑、诱惑，又不会深陷于物质匮乏的哀愁之中，只有在这种状态下，才能够真正获得平和与从容，才能有闲暇去修炼、上升，而不会沉沦。

　　这就是那个内在世界的声音，它已经在日常的时光里被雕塑出来，你已经清晰地看到、能够触摸到它的存在，甚至它的皱褶和起伏，你都能够感受到。你应该信任它，与它相伴，因它的存在，你会感到愉悦，感到这生命可以信任。

　　那些没有去写作的人，他们也可能曾经听到内在世界的声音，但是在日常之中，他们慢慢地会把这个内在世界消磨掉，会遗忘它的存在。写作，就是把这个内在世界凝固下来，让它时刻陪伴着你，与它相随。

　　内在世界有多丰富、多宽阔，能触及多幽暗的地方，诗歌就能展现多宽阔、多深邃的世界。我们借助自身的体验力、想象力而抵达世界的边界。世界是通过我们的思想而向我们敞开，并由语言把这个我们所体验到的、认识到的、感受到的世界建构出来，这就是诗歌形成的过程。而这种体验力、认识力必须经过长时间的锻炼来获取，我们必须用一辈子的时间去认识世界。随着年龄的变化、经验的丰富，我们越来越能够准确地去把握诗歌的世界。

　　不要在意诗歌声音的强弱，它们各有美妙之处。老年时，这个声音就像能量耗得差不多了、速度变缓了的江面，那种高强度的东西没有了，变得有点迟疑，但获得了通透、清澈的效果，这也是一种成熟的表现。

　　如果你有强大的消化能力，就不怕泥沙俱下的生活，不断扩张自己的世界，让它变得更加宽阔，把历史、哲学的知识和思想力、体验力、想象力熔为一炉，也许你所希望看到的那个世界就会向你呈现出来。

生命中有更高远、更美好的东西在召唤着我们，这就使我们有能力体验日常更多维度的存在，能够体验日常的种种美好和困扰。那些宵小的人事虽然伴随着我们，但无法永远纠缠，因为生命的活力和美好为自己开辟了新的空间。虽然烦琐之事跟我们相依相随，但是我们不会成为它的奴隶。对于日常，要学会举重若轻，要学会放下。如果获得是生命永远的渴望，那放下也是我们生命的本质。如果不面对放下这个本质，永远想去抓住，那你就永远与痛苦相伴，因为你没有活在自己的本质性里面。

面对现实仅有愤怒是远远不够的，但是彻底地逃到施耐德（美国诗人，禅宗信徒、环保主义者）那里去，也是一种犬儒主义的表现，也是没有活力的。生存环境的不同，决定了选择的伦理担当的正当性。我们要思考时代的最高文化、人类文明的方向，这才是真正的思想资源所在的地方。必须面对当下的现实生存，找到最本质性的问题并由此开辟道路，这也是建构诗意世界不可放弃的起点。

每一个优秀的诗人都有自己独特的嗓音。他使用的词语、节奏和呼吸，实际上就是他的思想呈现和表达方法两个维度融合所产生的语言现象。

　　文学的存在首先是一种自我的救赎，别总是想着要作用于社会，拯救社会已经不可能，但自我拯救的空间从未关闭。在你深切理解诗歌是祈祷、小说是忏悔这种功能之后，就不要问它的意义在哪里、它有没有作用。诗歌对心灵作用的过程就是清洁自己的灵魂、提升自身的生命的过程，这才是它的本质属性。至于说，能不能在社会上产生影响，那是它的次要功能——商品功能。

　　曼德尔施塔姆说，诗人是文明之子。诗人必须思考人类文明的方向。未来的文明在哪里产生？这是伟大诗意的方向，就像但丁在14世纪的诗歌中呈现人文主义精神一样，他成为了文艺复兴的先驱，这就是伟大的艺术的方向。海德格尔把诗和诗歌区分开来，诗对应的是诗意，诗歌对应的是诗性。现在写下的诗歌，他认为是诗滑向了文艺的现象。文艺是一种情绪的、趣味的、文化的、精神的表达。而诗？就是探索人类在未来要经历但还未到来的世界；就是诗人凝视时代，并为他总有一死的同伴找到一条出路；它是虚构出来的崭新的世界。就像但丁在14世纪从宗教里面走出来，展示一个人本世界的努力，那个世界就是诗意的，那创造也就是诗。那是那个时代人的精神意识的最高体现，它所建构出来的世界高于哲学的抽象思维。而诗歌就是以现有的时代精神、已创造出来的思想作为精神资源去观照现实生存，是被诗意照耀的诗性世界。布罗茨基也意识到这个问题，所以他承认自己的作品也就是二流时代的二流产品，他认为那种顶级的诗人，一两个世纪出一个就够了，意思是说创造诗意的诗人不可能出现很多，那要看他所处的世界是否是一个创造伟大思想的世界，他是否创造了划时代的伟大思想。布罗茨基自己的作品也是被时代所规范、所创造的。也就是说，你所处的时代有没有可能产生伟大的思想，开创人类新的生存的可能，为总有一死的同伴找到一条出路，而你能否找到这条出路？有没有这么伟大的诗？诗能否回到诗本身，而不是作为诗歌去呈现？这两者是有区别的。

当代诗人由原生家庭和现有教育规范出来的自我，再加上外部环境所能提供给他的知识资源、信仰资源、思想资源的匮乏和精神的羸弱，就导致了精神世界的上升空间极其窄迫，很难有打开一个新诗意空间的可能。最重要的是，人的意识、认知和感知力在自我形成的过程中已经被束缚住了，纵使有新的思想出现，我们也难以意识到或因没能力而抓不住，就像在宇宙之间、在我们周围存在着无数秘密，我们也无法感知到、意识到，也无法抓住它。我们既抓不到，也感受不到它的存在，就更别想着能够把那个世界呈现出来，这就是我们的局限性。

没有人知道这个世纪或者说我们的时代需要什么样的诗歌，纵使有人说他知道，也无法找到证据，因为一切证据都在未来。某些诗歌有比较高的接受度，那也只能说明它符合这个时代的意识形态和社会心理。而史诗般的、具有建构性的诗歌，受众的确会非常少，这很正常。一个有抱负的诗人应该写具有建构意义的诗歌，但不要期望有众多的喝彩。用心的人能够隐隐约约感觉到你的努力，这已经很难得了。新出现的东西并不一定能够让人眼前一亮，因为令人眼前一亮的东西必须是人一直在寻找而突然发现了的，这才会产生这种感觉。如果人们的意识还没有开启，看到的也就是一个朦

朦朦胧、模模糊糊的景象而已，就像雾中看到佛祖的真身，你可能
也就是得到一种隐隐约约的感觉，你不敢确认，因为你从来就没有
期待过这种真实的出现。

　　诗歌是语言的艺术，也是想象力和思想的艺术，是它们的总和
带来了阅读的惊讶。在诗歌中过度追求思想或你意识到的某个人类
处境，容易使你的语言失去应有的张力和回旋余地。奔着你所意识
到的那一个意象、那一个情景、那一个诗歌世界去，会削弱语言的
张力，这是写长诗时必然出现的问题。你不可能像写短诗和抒情诗
那样去经营语言，因为对于长诗来说，建构"那个世界"才是最终
的目的。很多长诗的语言没有给人太多的惊奇，阅读时令人总在琢
磨着诗人要呈现的那个世界的样子。大诗人应该把语言和我们意识
到的"那个世界"结合在一起，但写作过程中，构筑"那个世界"
成了写诗的目的，而语言在这个过程中被弱化了。纵使语言上还保
持着干净和准确，但是那种张力和美妙的东西还是容易丢失。我们
不可能像但丁创造天堂地狱那样去建构世界，我们只是努力在触摸
生存的一些本质性的东西，但是我们要努力像但丁那样去探寻世
界的可能，并且意识到它的意义所在。虽然我们建构的不是天堂地
狱，可能只是一个别于日常的新世界，我们甚至可能只是建构一个
日常的废墟而已，但这对诗人来说是重要的，尽管对日常人来说不
一定有需要，他们可能对一种有普遍性的情绪更有感觉。诗人目睹
的废墟和荒谬，对他们来说没意义，而诗人觉得有意义，这就是写
作和受众之间的矛盾所在。它对历史而言可能真的有意义，特别是
随着时光的流逝，它的意义会更大。在一首长诗里用抒情式的、精

妙的语言来表现，是一个高难度的整合。如果写一首长诗像写短诗那么精彩，那就是震撼。长诗所做的工作、要承载的东西和思考的问题，肯定是超出于其他抒情诗的。但是那样的诗歌，接受的人不会太多，即便是接受了，也就是在理解的层面上接受。只要语言没有令他们惊讶，他们就不可能产生阅读的惊讶。惊讶的感受是最直接的。长诗的立足点在"那个世界"，而对诗人的思想而言，实际上可能只是他一个人在思考，其他人都还没有到来，所以也就不惊讶。

致力于一种自适的圆满

诗人写诗需要一种自我正确的意识，这种意识的到来也是对倾听的召唤。没有倾听，这种自我意识就会被限制在一个狭隘的、孤立的范围里面，只有倾听才能够不断地扩张感知。自我正确的意识，必须与历史、人类的文明结合，并且在此基础上眺望时间深处的人类生活。那世界已经被我们感觉和体验着。那世界或者被我们创造出来，或者消失在遗忘里。

因为你的精神里有绝对性，你的绝对性使他们无法进入你的内心，你的绝对性也最后让他们望而却步，他们也没有能力去体会你的绝对性的妙在哪里，所以就整个地失去了交往的基础。你的孤独感也是因为这种绝对性所导致的。

诗人最佳的写作状态是强烈的情感的溢出，诗歌就是那溢出的部分。强烈情感的溢出必须建立在内在的饱满和充盈的基础上，必须在个体内在精神十分饱满的前提下，才能够产生溢出，那是爱和生命力的饱和，特别是生命力。生命力包含着知识、意志力、才华，这些东西充盈在生命里，就盖也盖不住了，就会溢出。

诗人必须不断地强化自己的感受，让思想和感受融为一体。重要的是让自己的感觉与丰富的、深邃的、细腻的思想结合，让自己具有超凡脱俗的感性思维和体验。在这个基础上，诗人的任务就是张扬人的感受性。但在思想匮乏的年代，诗歌不能被浅陋的感受统治，必须在诗歌中追加思想的强度。

一个强力诗人必然具有强大的生命频率。这频率指的是精神强度、想象力、感受性，以及稳定的情绪。这个频率应该是一种自身的生命和语言相结合，并被语言所召唤的生命的张力和密度。这有点像很多人在灵修方面的追求，就是看他的心灵和身体的频率能够达到怎样的一个高度。但是其实现在即便不是在宗教里，也不是高僧大能，也有人在试着做这种对身心的调频工作。

从诗歌的角度来说，这是一个破碎的世界，人和心灵都是破碎的，那我们也要致力于一种自适的圆满。如果能够写出带有饱满的感受力而又没有障碍的诗歌，那就是大师的境界，也意味着生命已抵达一个不同凡响的高度。这个高度由人类的文化、精神、人的意志和生命的开阔支撑着。

现代舞强调的是个人的感受和表达。对一个主题，每个舞者会有各自的表现、表达方式。现代舞者的肢体语言、表情、反应都是独特的、个性化的，在舞台上，他们又是一个整体，但每个个体，又是那么独一无二。创作现代诗歌或者说现代诗，也必须有这样一种认识和体验，别想着公共的思想或者某种统一的声音，它更需要的是独特的思想、独特的语言、独特的表达方式，那才是真正现代诗的道路；每一个现代诗人的世界都是独特的。

无论是佛家、道家、儒家，作为养育我们的文化，它们已经深入到我们的生命里去了，我们的举止，甚至存在的理由和意义都被之规范。中国传统的文化作为世界文化的组成部分，饱含着深刻的智慧。它在当时的历史背景下，是有极高的价值的，我们要看到它作为人类文明中的一种的历史意义。然而，我们不能裹足不前，必须往前走，思考的方向应是关于文明、关于未来人类文明的形态和可能性。虽然我们立足于当下现有的文化，但只有对未来文明有所想象，才能扬弃固有的文化中存在的滞后和野蛮。

跨越历史的惯性

思考文化的可能性、生命的可能性要比所谓体验自己的生活、现实更宽大。为什么海德格尔会说，诗人不关心现实，只耽于想象，并且把想象制造出来？像但丁一样，超越中世纪神本主义的现实，在人文主义的世界开辟新的空间。如果能够有超越现实的想象，从历史的惯性中开辟新的道路，一个诗意的世界就会向我们敞开。那才是诗人真正的责任。

在古典时代，人们日出而作、日落而息，在自然中、在农耕文明的田野牧歌里活着。那时他们是在探索、认识和命名外部的世界、简单的认知、人的情感，这些东西在文学上是具有创造性意义的。那时候人类刚刚睁开眼，在意识里组合这些东西。就像陈子昂在初唐，一千年的文字记录使他开始意识到时间的来路和去向问题，所以他写出"前不见古人，后不见来者。念天地之悠悠，独怆然而涕下"的万古愁，在诗歌中有了更漫长的时间想象；李白的"床前明月光，疑是地上霜"，因离乡而有了思乡的深刻情感。这些世界、情感和认知的发展，都是在人类的实践过程中得到了呈现和命名。但到了现代，许多情感、精神已经被命名了，人类进入了对更渺远的外部和更加幽深的内部世界的创造和探索。中国的诗歌，由于科学和哲学、思想缺乏一个线性发展的过程，并没有像西方的诗歌那样去关注于创造内在世界的意识。这就提醒我们，在当代的写作里，必须意识到这个内在维度的存在。置身其中的客观世界，并不是现代诗歌皈依的地方。现实只是现代诗歌借力、用力的地方，其目标是创造世界，这就需要精神性的创造才能更准确地把握世界。不要把次要的问题当成主要的，或者说作为一种手段，不要把它当成目的，而且只有这样，现代诗歌才有路可走，才有更广阔的空间去开拓。如果总是在重复过去的路子，在缺乏更新精神资源的环境中表达一种现实的思考和感受，那世界可能就在某一个维度上停止了。必须意识到另外一个空间的存在。写作必须面对现实，但不要把现实当成写作的皈依地。我也经常说，我只想当一个二三流的抒情诗人，去面对现实写作，我知道这种写作对我而言是自身命运的使然，但是诗歌不仅仅停留在这里。

道家人物身上有一种超凡脱俗的品质，放浪形骸实际上就是一种浪漫主义精神。魏晋时期那些名士们，他们基本上都是道家的，他们愤世嫉俗、富有个性，他们对于传统的礼教、制度充满着叛逆的精神，在他们的行为中，反抗的姿态是那么突出。

公民诗主要是对一个诗人、一个写作者作为一个公民的存在的要求。一个诗人首先必须是一个公民，公民诗的提出，实际上就是唤起写作者的公民意识。公民意识在这个时代，在我们这个社会，非常匮乏。作为一个国家的公民，权利和义务本来是天然的。公民诗实际上就是唤醒诗人在写作过程中的批判意识。

真正的诗人只是说出自己的内心，说他对生命、对社会、对自然、对可能世界的认识和想象，仅此而已。诗人写诗，他只是道出，轻轻地道出。大众为什么看不懂诗人的诗歌？重要的是，大众只甘于平庸、乏味甚至肤浅的日常生活，他们对深邃的思想、炽热的情感无法认识和体验，他们把平庸的生命和体验当成最真实的存在、唯一的存在。由于现实和诗人追寻生命可能的努力已经脱节，所以大众看不懂深邃的诗歌，这样的诗歌在他们眼里就是矫揉造作、无病呻吟、不切实际。诗歌还在原处，是大众远离了诗歌。所以不用在意别人怎么说、怎么看，诗人只专注于自己的内心就行。专注，对内心的尊重、真诚，就是诗歌本身，而不是别人怎么看。

一个普通人的人格和自我是由出身、家庭、教育、社会地位、社会关系以及当下的社会文化规范和塑造出来的；而一个诗人的人格应该不仅仅是一个日常的人格，还应该是一个具有人类性的人格，是由"人类文化"（曼德尔施塔姆语）所塑造的，我们可以称之为诗歌人格。很多人会把一个被日常所塑造的自我当成一个不可更改的自我、一个本质性的自我，但在你进行漫长的阅读、思考、写作，以及真诚地追寻人类美好事物的过程中，一个新的自我（诗歌自我）就会被塑造出来。诗歌的自我就会去关照现实生存，只有依靠它，才能打开一个具有诗意、诗性的空间。我不会、也不愿意以一个俗人的情怀、喜好、选择去通过诗来写我置身其中的世界。我清楚我和其他人一样有欲望、恐惧，会怯懦、会贪婪、会投机，但我的写作就是要摒弃这些平庸的恶、平庸的情感，通过语言来创造一个诗性的、诗意的诗歌世界。我相信在这个写作过程中，我个体的生命也获得了一种新的本体意识，在写作和行动中获得存在感。这就是诗歌写作给我的馈赠。通过多年的阅读、思考、写作，知识塑造了我现实的存在，那些人类知识和价值精神使我挣脱日常生活规范，成为新的自我建构的精神资源，并且在这里我找到自己；也依靠它，我有了重新建构一个世界的可能。海德格尔说，诗人不关心现实，只耽于想象，并把想象制造出来。专注于这个诗歌的自我，并且努力把这个生命的想象制造出来，一个诗意的世界也许就会出现在历史面前。我的写作就是一种生命意识，一种不断追求生命坚强、宽阔、美好的写作，并希望依靠这种意识——对于生存经验的深切切入和对生命最高可能的眺望——建构一个世界，一个诗意或诗性的世界。写作和生命是互动的关系。自20世纪80年代末至今，因写作我又不断去充实关于宽阔生命的想象，并把这种想象带入生活和写作中，努力把人类文化——生命悲剧意识、有关人类的最高生存以及圣者精神——与人类在现代的价值困境和精神困境结合起来。诗歌写作就是在呈现这一追寻的过程，并依靠一首首诗建构起一个属于个人的，但在历史经验和文化支撑下的诗意或诗性的世界。近几年，我沿着"完整性写作"的方向，思考在荷马、但丁、荷尔德林和里尔克之后，人类如何诗意地活着这一路径。在此过程，我逐渐形成了关于境界美学的想象——一种属于当代人类最高的生命可能的诗歌写作路径。这是在现代人类有限性和价值多元的历史背景下，对生命可能性的想象。这种生命可能是当代人类文化所能支撑起来的诗意，它在价值多元的背景下选择了与传统根基相结合的现代诗歌写作道路。现实世界在写作中就像土壤，就像刺激我们神经的催化剂，它触动、也促动我们去思考、写作。但是，诗歌并不一定囿于现实，或者说，诗歌并不一定要服务于现实，就像但丁的《神曲》是在神学之外开辟人文主义的新空间；也就是说，诗歌的根本任务是创造一个新的区别于现实的世界。诗歌离不开语言，而语言就是这个诗意的世界散发出来的千万缕光线，它必须具有这个诗意世界的属性。语言就是支撑或者呈现诗人内在世界的物质材料，只要是能担当这种责任的语言，都是好的语言。语言跟诗人创造的世界以及诗人写下的每一首诗都具有同一属性。一个诗人的世界、语言以及诗歌，这三者就像太阳、千万缕光线和落到地面上的阳光，它们必然有同一的属性，只有与世界有同一的属性时，语言才是好的。语言是从诗歌的世界里散发出来的，诗歌的世界就是语言的身体；对于语言来说，身体就是孕育它、催生出它的那个诗意世界。由诗意的世界所召唤，我想我的诗歌应该建构一个宽阔的、高远的，被人类文化所支撑的、有尊严的世界，人可以在里面诗意地栖居。

不重复别人

面对诗歌艺术时，对平庸、肤浅的人的说辞可以不屑一顾、不用在意。当你愿意，当你觉得必须去实验、探索的时候，你的真诚和创造力就远远高于他们。不需要在意别人怎么说，实验艺术、实验诗歌在任何时期都是存在的，特别是在一个求新、求异、求变的时代，总会有一些人愿意去实验，去变化。诗歌要探索的问题很多，语言、形式、思想，这些都有探索、实验的空间，只要不重复别人，开拓自己的道路便是。重要的是丰富自己，让自己有丰富的、深厚的知识，这种知识来自对人类历史以及对伟大心灵的吸收和重新创造。在这个基础上，去思考人的可能，历史、文明的可能。当你有丰富的知识背景、创新的思考，你就不用再在意任何非议。忠诚于自己的内心，忠诚于自己的审美，去探索自己的道路，这样的人生才是美好的。当你真的能有所创造，这是你生命的骄傲，也是上天的馈赠。有无数人耗尽一生的时间，到头来也是碌碌无为。当我们能够沿着自己渴望的方向去创造，那就是无限的幸福。神说"我的道路高于你们的"，神在心中，你就是神，只要你走自己的路，你就会听到这句话，时常让这句话在你的耳边响起：我的道路高于他们。不要让风言风语或者一些肤浅的观念败坏心情，或者削弱前进的动力。

文学是对快速的抵消

诗歌写作仅仅表达自我是非常不够的，别以为自我很真实、很了不起。不要过于执着于表达自我，诗歌的责任是打开和建构一个新世界，它对自我的建设具有召唤的意义。自我的世界太小了，自我已经被现有的秩序和生存的条件规范了，自我必须在漫长的写作生涯中扩展到更广泛的世界。诗歌跟日常的生活和个人的欲望不一样，它需要通过人类的文化和更坚毅的意志来重塑。与传统结合事实上是对具有活力的文化的吸收，而不是说回到传统，要意识到传统是一条河流，它不断地往前流动。面对传统，有传统的背景，才知道自己的位置，传统给选择提供坐标。文学就是给我们的生存开拓空间，而不在于热衷自我的表现和守护，更不是对自我的筑牢。

当今社会是一个追求高效率、快节奏的社会，所有人都陷入了速度的漩涡里。孩子的成长期快速缩短，童年转眼过去，牙牙学语刚刚完成，就开始用成年人的语言表述成年人的问题；成年人更是在求生存的竞技场上疲于奔命，读书考试、工作升迁、家庭生活从未有停歇的一刻。大家似乎把只有一次的生命过成了一个被某种看不见的力量规范好了的人生：匆忙、乏味、平面化。生命本来是可以丰盈和美好的，它可以缓慢地在沉思和体验中，感受一些细微的情感和不屈不挠的思想的存在；可以停下来看看山川河流的壮阔优美；可以读读书来与先人、前人交谈，发千古之幽思；可以在现实的必然之外，重新开辟一条道路，感受生命的厚实和丰富；而不是像如今如此匆忙，在充满被遗弃的恐惧中被潮流席卷而去，或等到夜深人静、徒有喘息的一刻，等到年老体衰被潮流抛弃的时候，才去感叹生命的贫乏和无奈。而文学恰恰是对这种状况的抵抗，文学是一种慢。书写的方式，沉入思维和想象的世界，对现实的梳理、剥离和重新建构，重返时间、历史的深处——这一系列与文学有关的本质性特征决定了文学对创作者和阅读者来说，是一种"慢"的生活范式，它要求它的阅读者和创作者慢下来，随着它返回内心的深处，去经历更深刻的激荡，去复活生命里被现实规范和扭曲了的愿望。快与慢是一种相对的关系，但我们已能深切地体验到"快"给个体生命带来的侵蚀和危害。"快"使一切生活变得浮光掠影，仿佛经历过的一切都没有在生命里扎根，只有时光匆匆忙忙在肉体上刻下的痕迹——臃肿、皱纹、疲乏和倦怠。古老哲学所探寻的关于人如何美好地活着的理念，譬如坚定、宽阔、深邃、真诚、勇气，仿佛却在时光的流逝中离生命越来越远。青春的勇敢、激情也被现实磨损、规范，有如出于青山的涓涓清流没有汇入波澜壮阔的江海，而是流入了一片干枯的沙漠。在农耕时代，人们日出而作、日落而息，那是一种无知无觉的快乐，他们不知魏晋，不知天有多宽，不知另外的世界的存在。等我们睁开了眼睛，获得了知识，看到了另外的一片天地，我们从田地中来到了城市，但我们并没有获得更多的快乐，我们陷入了一种尴尬的处境中：一方面我们通过知识认识了各种事物之间的关系，开阔了我们的眼界，另一方面我们越发感觉我们在巨大的现实秩序中个人的无力，怯懦和无力感一直在折磨着我们。如果文学在农耕时代是抒写我们在自然中的喜悦，那么在工业的时代，文学就是揭示我们在城市生活的疼痛和不屈。现实总是有一种把人往下拖拉的冲动，青春的理想、反抗和追求，总会被强大的现实宣判为无意义，甚至成为现实的"发展"的绊脚石，于是，许多人妥协了，许多人早早地从理想的烈日下躲到现实的树荫里蔽凉去了。这种状态，就是米兰·昆德拉在《生命中不能承受之轻》所描述的那种"眩晕"感，最后只有日常的平庸能给予疲乏的人们以安慰。但这种安慰是以绝望和麻痹为代价的，生命最终会失去知觉，生命垂下了感受痛苦和欢乐的触角。对于个体来说，我从来认为，写作的意义就在于给日常增加一个维度，它使生命保持一种体验和思考的活力，保持一种自我清洁的能力，它事实上就是在抵抗生命的厌倦、麻痹和遗忘，使我们变得更加富有勇气。如果生命只有现实这一个维度，现实的一切就是我们的全部，那么，当现实的世界受到侵害时，世界就崩溃了，而这种侵害是无处不在的，没有人能逃避这种侵害。然而，文学正是告诉我们：在我们的生命里，存在着另外一个维度，有一个更高贵、更富有尊严和勇气的世界存在着，无论我们经历多少痛苦和不幸，都可以宽阔地、充满爱地活着。

卷十二

美是生命的战栗

美之外的东西

关于美的概念其实是一个古典的概念，在现代主义之后，艺术追求的已经不一定是创造美了，而是一种植根于我们的现实生存、历史生存和时代文化的最高想象的艺术表达。即是说，艺术创造并不是以美为目的的创造，而是呈现和处理世界的内在精神和外在现实的复杂性关系的创造；或者说，美的概念就是指深邃而又有意味地创造出能呈现人与世界关系的形象。因此，审美活动其实就是鉴赏力和艺术表达力的能力表现，它涉及审美活动主体的文化想象力、感受力和体验力，对艺术、历史、人类发展史的理解和把握，以及对语言、修辞、线条、色彩、材质、韵律等作为艺术表现形式、语言的理解和运用。

自我的审美

关于美学、审美这样的概念，也是我们从古典的美的概念里延伸出来的，但它在现代的指向可能要更加的复杂和多元，它既有指向古典及其国家意志所延伸的美的概念，也有个人的伸向幽暗之处的探索；它既是指向语言发展史的语言创新，也指向对语言底下内在的精神强调；它既指向对现实和历史生存的诗性切入，又指向对时代的文化最高想象的敞开。种种方面都意味着审美活动是一场自我与对象之间的对话的关系，这活动在要求着所有参与者的内在丰富性，并在此基础上展开对话，以达到一种情感、心智和灵魂的唤醒或呼应。因此，在现代之后，美学已经不是一门关于美的学说，美也不是产生于愉悦。与其说美产生于愉悦，不如说美产生于心灵的震颤，美就是让你痛哭的，美就是让你欢笑的，美就是在你的知识、经验和热爱的养育下生命的震颤。

与其说审美是为了愉悦，不如说审美是为了聆听。在古希腊时代（这是美学开始萌芽的时代），当聆听到真理和神圣的声音，人们就感到愉悦。他们在石头里听，在曲折的线条里听，在声音的跳跃里听，在起伏的大地上听，在献给上天的只言片语里听，当他们听到有关真理和神圣的消息时，愉悦便从内到外沐浴周身。美便向聆听的人敞开了，啊，美被创造出来。

从审美愉悦开始

审美有多种目的论，最险恶的目的论就是为统治阶级服务，这无疑是艺术的异化；当然，这也是审美从美的追求发展到有目的的艺术创造之后的异化。我们可以看到，在更加远古的时代，美的感受的源头物并非艺术，即是说并非人工创造物，而是自然；纵使人工创造物出现之后，其第一目的也不是为了审美，这就是说，美最早的产生是在无目的的自然状态下产生的。但美的愉悦为何产生呢？那对应物对应了什么？或者说是什么在对应物身上的投射而使观者（听者）获得愉悦的感受？关于我们生存的物质世界，现代科学可以证明，我们置身于两类存在物之间：一类是自然，包括时间（有观点认为时间也是人意识的产物，休谟就认为没有独立于观察者的标准时间）、宇宙和地球上的万水千山，以及动植物、肉眼看不见的细菌和构成量子的弦和夸克；一类是自人类走出原始状态，开始学会使用工具和生产工具后而产生的人工再造物，也叫创造物，包括被使用为矛或棍子的树枝、被用于投掷或敲打为斧头的石头、从矿物中提炼出来的铁和在这些材料基础上发明、创造、生产出来的汽车、飞机、大炮。石头、树枝是自然物，但被人使用时，它就是工具，就成了人的再造物。同样的，人既是自然的产物，也是再造物的产物；更加特殊的，他同时也是再造物的创造者。因此，人既是物质的产物，也是物质的生产者；人既独立于物质，又消融于物质之中。既然人产生于自然，本来人是不可能生产自然的，但由于美的创造，自然成了人类美的生产的对象，因此，自然作为美的生产资料在某种程度上被纳入人类的创造物之中。人类在物质形态的这两类存在物之间，通过生产实践活动，又创造了一个精神-意识的世界，宗教、政治、道德、伦理、经济、艺术等等，都是从感性、直观、概念慢慢发展出来的。由于经验（先验）的基础和对象的相异，每个门类又发展出不同的专业世界。

在所有的创造中，没有比"美"的创造更强烈地被人规定和确认的了。作为人的创造物，美必须在美的意识产生之后才产生，在人的意识出现之前，不存在着美，纵使是在我们认为可以作为艺术源头的岩画或者某些日用工具的生产已经出现的时候。考古研究已经证明，它们被制作出来时，并不是为了满足审美的需要。在古希腊时期，哲学家们会认为数是美的、平衡是美的、符合神的意志是美的、强壮是美的、匀称是美的，他们强调模仿自然、模仿神的一切存在物是美的，星空是美的、山川是美的、大理石殿堂是美的、英雄是美的。这些东西的美就是真理和神圣性的事物在它们身上的投射。再造物的美也必须符合真理和神圣性要求才是美的，当然，它们被生产出来时——我的意思是它们作为美的对象物时——就是按照这个意愿的——它们是人意志的产物。

唤醒美

无论是自然的还是艺术的创造和审美，只有人的认知和情感的确认、投入，才能产生"美"，也就是说，美不是天然的，它的产生必须经由人的参与才能达到美的完成，这也就是王阳明所说的只有人来到山间，看到那朵花，才互相明白。没有人的明白，美就处于沉睡之中，准确地说，美就不存在。这种情况有如骆驼和它勤劳的主人相对的漫漫沙漠，对于他们来说沙漠没有美丑之分，这只是他们活命的地方，他们在漫天风沙的一座座沙丘里跋涉、寻找水源；而对于千里迢迢的外来探险者来说，沙漠展示在他们面前的就是自然的壮美，是他们要征服的对象。由于探险者的参与，这片沙漠的美产生了。而对于这片沙漠的居民来说，由于距离太近——这距离包含空间距离和心理距离，或由于他们忙于生计，而无暇顾及这周遭的环境；他们的精神的缺席，也就使这片沙漠没有置身于美的创造中。虽然骆驼的主人也是人，但生活的艰辛、生存的不易使他没有精力、无暇顾及这周边的环境，他和沙漠互相都处于遗忘之中。由此我们可以清晰地看到，没有人的精神性参与，自然就是那物，而非美的对象，更非美本身。自然之美也是人的创造物，但人创造的不是自然本身，而是创造了自然的对应物，那或许不会被遇见的——美。这美就像一种意识，对于每个观赏或参与创造美的个体都是不一样的，在每个人的内心之中，唤起的美的强度和美的样式是不一样的。譬如欣赏一片有溪流、竹林、稻田、村庄的风景，有人会想起远方的江南，有人会想起故乡，有人只是在风景里感到肉体的放松，同样的一片风景，在不同的个体身上创造了不同的样式和内心的震撼。

审美的前提

自然并非人的创造物，而人曾经是自然的创造物。随着人的意识的发展，人在一定程度上脱离了动物的属性，就成为与自然相对应的存在物。但人作为自然存在物这一属性不会因为有了意识就彻底消除，人依然可以作为自然的存在物被加以考察。然而，人的双重属性的特质，使人被考察时与自然被考察时的路径不同，或者说，我们对人的考察与对自然的考察使用着不同的观察方法。自然是自在的存在，它的存在本身无论对人对事，还是对生活在其中的物，都没有美丑、是非、对错，只有人的意志作用于它时，才产生了审美，并且会因为不同的人而感受不一样的存在。而人的存在由于他的双重属性而显得更加复杂，一个人的存在，既具有自然属性，又具有社会属性，因此，对一个人的判断就有了多层审视的可能。譬如一个人，从第一属性来看，就可以知道美丑，这种美丑的判断肯定跟判断者的生活背景、需求和习惯有关：一个都市生活的人看到的可能是肌肤、身材、五官，而在亚马孙原始部落生活的人可能看的是胯部和奔跑的能力，这些都属于一个人身上的自然属性，不同的需求选择就会使他们做出不同的判断。但对于一个人的判断还不仅仅是他的生物性，肯定还包括他的社会性，包括他的性格、道德感、伦理规范，甚至还包括学识等等，这些都会进入被判断的范畴。如果一个女人长得漂亮，但心如毒蝎，这个人是美还是丑呢？这就需要看判断者站在什么立场上。因此，我们可以看到，无论是面对自然还是具有社会属性的人，人的意志的投入是产生审美的前提，而判断者的立场决定了审美对象在何种层面上被确认。当然，这一确认只属于判断者的判断。

美的承载物

作为再造物的存在，一般都具有实用的第一属性和意义的第二属性，当它具有第二属性时，在时间、历史的作用下，就作为美的承载物（从器物到艺术品）或美本身（艺术创造的作品）存在着。除了美和艺术的创造，在其他创造物中，都首先满足于实用的功能性，由于对实用性的追求，对它的判断存在着广泛的非人的因素，譬如说顺手、耐用就行了，对它的价值的判断全部落在了工具性上；它的创造的目的也是工具性。比如在新石器时代，有人用石头打造了一个碗，只要这碗能装水或盛肉，那就万事大吉了；并且所有人都会满足于用这个碗所完成的一切——它所提供的功能。至于是深一点还是浅一点、大一点还是小一点，这就由它的用途来决定。在这个碗的生产和使用过程中，我们可以看到，人并不重要，也就是说，在生产和使用这个碗时——在把这个碗作为工具时，生产和使用这个碗的是什么人并不重要，那个碗主人的人格和情感没有投射到这个碗上，他并不参与到这个碗的完成上。从这个角度看，没有被赋予灵魂的创造物都是未完成物。

如果在那时候，有人在这个碗上用彩色矿石画上图案，用另一块石头划出符号，甚至镶上贝壳，那情况就不一样了，一种超越实用性的功能就出现了。它可以是权力的象征或者用于驱邪避鬼，也可以是个人喜好。虽然我们可以看到，无论是用于权力、祭祀还是用于个人的喜好，实际上都是一种实用性，但这种延伸的功能所产生的意义已经是这个创造物的第二属性了，它是在装水、盛肉这个第一属性上的叠加。这种意义功能的叠加和挪用，就产生了美和美的意识，也就产生了艺术品。在这个例子中，作为个人喜好的功能当然要远远晚于权力象征和祭祀用途，它肯定要在生产力相当发达以及阶层的出现后才可能发生。当一件创造物的实用性功能被叠加或赋予了新的功能时，美的创造就产生了。这时候它的主人的意志和情感就参与到这个创造物的完成上，也就是说，人在这个创造物上出现了，它具有了个性、象征，甚至生命。同样地，随着时间的推移，当只有实用功能的第一属性的创造物被重新审视时，它的造型、材质以及附着在上面的故事，也能在它的身上产生意义的第二属性，它从第一属性中脱身出来后，也就具有了美的特征。

在第一属性的创造物中，当然也附着了人的劳动和创造，但人仅仅依附于第一属性，人被淹没在第一属性里，并不需要知道这个劳动者是什么人、有什么性格、有什么地位。只有到了第二属性的意义的创造时，人才从他的创造物中夺回了自己的意志，人才从他的创造物中出现。只有人作为主体在他的创造物中出现时，美才产生。自然也是同样的。自然作为自在之物，它并非人的创造物，所以它没有实用功能的第一属性，但由于人把意义的第二属性赋予了它，由此它就是美的承载物。因此我们可以看到，在人没有出现时，美是不存在的。我多么想说，人没有出现时，美是隐蔽的，它只是暂时隐藏起来；这是一种诗意的想法，事实上，只要我们去考察人的意识的发展过程，就知道美的来路，美就是人的一种意识，它必须由人赋予和创造。

无论是自然还是人的创造物，都必须投入人的意志，只有物成为人的意志对象时，才能产生美。这时美既是对象物本身，也是对象物散发出来的气息。反过来看，无论对象给予观者怎样的感受，审美已经发生了。康德说"这样一种愉悦的对象就叫作美"，但审美的主客体交流不一定是美的，它们之间只是客体向主体提供了与主体的意志相对应的信息，并由此产生从精神到肉体或由肉体到精神的反应，这个过程就是审美。

与自然相对的是人的创造物，人的第一创造物是工具，然后才是艺术品，所以艺术品可以称为人的第二创造物。艺术品就是再造物第二属性的发展，是人的意志在有关美的理念的方向上的完成。在祭祀、权力象征的功能性使用的历史过程中，随着美学意识的萌芽，人类对物品的加工不断在第二属性上追求完美。在人类的考古学上，我们会把所有的远古的人类创造物当艺术品供奉着，无论是摆放在博物馆还是艺术馆，或者在私人收藏的博古架上，无不将之当艺术品珍藏着，无不惊叹于其造型、线条、色彩和种种工艺；或者在古书的只言片语中感叹和回味那消失在时光中的古人的吟诵。但这些创造物一开始其实都不是作为艺术品被生产出来的。在满足第一属性的基础上附加第二属性，或者第二属性获得加强时，人会越来越追求形式，工艺会越来越精湛，但创造物的目的依然只是为了满足祭祀和权力象征。纵使第一属性消失了，那创造物也不能称为艺术品，只有为美这一目的而生产的产品才能称为艺术品，准确地说，必须当人只追求创造物的第二属性并且在人的意志中加入美的意识时，那创造物才能称为艺术品。

人类历史中第一件艺术品是否存在过？答案应该是肯定的，但必然很难考证。只要第二属性的中心落在美的追求上，人类的创造物就是艺术品。越接近于无用的、唯美的创造越接近纯艺术品，如中国书法。但在漫长的历史中，对于无用的、唯美的追求，我们应该理解为一种文化和人类意志的美的内化，即本卷开头所说的，美建立在对文化和世界复杂性的包容里。在漫长的第二属性发展过程中，在追求无论祭祀还是权力象征的功能性时期，必然就会对美提出要求：材料、形式如何与内容（神、权力）相匹配。这就形成了追求人的意志和美相融合的创造。"意志"这词在这个阶段指的是第二属性中祭祀、权力象征等诸多功利性的功能诉求。这一阶段第二属性的创造意志所占的比例还是要更多一些，但美只是服务于神和权力的意志要求。我们姑且不论在祭祀的鼎上刻上的饕餮纹，就算是米开朗基罗的教堂定制作品，也基本从属于祭祀和权力象征的要求。但随着历史的变迁，这些首先满足于祭祀和权力象征的创造物会由于历史的发展和权力的更迭而慢慢成为真正的艺术品，人的意志会慢慢凝聚于美之上，无论是祭祀时的烟火和牺牲的血，抑或是权力的辉煌和暗淡，包括支撑它们的那个时代的文化、历史，甚至隐秘的传说，都会凝聚到美的内在里，成为艺术品的灵魂。虽然博物馆常常要把那些历史性的部分从老旧的艺术品里拽出来，甚至有些土豪为了炫耀也会把一些老旧的艺术品恢复到它的第一属性，我就见过有人用一个宋朝的瓷碗喝茶，但这些人为的选择性使用已经无法改变其从第一属性创造物转变成艺术品的过程。这些建立在美的意识（哲学）基础上的时间沉积物会不断加重创造物的艺术含量。

因此，我们可以看到，从狭义的定义来说，只有意志和美统一到一起，并由美主导的、源于第二属性而被创造的创造物才是真正的艺术品。这种创造，在西方要等到画廊、美术馆建立之后，艺术家的作品摆脱了订制的要求之时；中国画则要在士阶层形成之后，画画、写字纯粹是为了美或艺术时，创造物才直接成为艺术品。纵使达·芬奇的《蒙娜丽莎》是从订制到纯粹的艺术品，也是从满足订制者意志（权力或富贵象征）到纯粹艺术美的时间转换。而从广义的定义来说，所有人类创造物经过人类意志或经过时间沉积物的加持，都可以成为艺术品。这种加持可以在生产期间有意识地添加，也可以无意识地出现在作为时间沉积物于后来被重新发现时。例如在新石器时代，有人为了盛肉而用石头敲打了一个有凹陷的器皿，我们后来叫它石碗；这个碗在被生产时肯定毫无艺术审美的目的，古人在那时，既无审美的意识，也没审美的需求，他们甚至还没有作为创造物的第二属性的需求。但是，这个石碗后来既可以被摆放到博物馆里，也可以被摆放到美术馆里，成为美学家们研究的对象，并在里面发现许多美学元素。慢慢地，这个石碗盛肉盛水的实用功能丧失了，而当时不曾有，或者说生产时没有的审美功能则全部浮现出来，使它成为一个美的载体，成为一个纯粹的艺术品。

美的经验

诗人们可能倾向于认为美就隐藏在自然里，也隐藏在这个新石器时代的石碗里，但我们知道，无论是造物主还是那个敲打石头的古人，都并没有美的意识，造物主甚至连使用功能都不会考虑，它不会考虑这棵树有什么用，这块石头有什么用，自然和造物主的意志就是无目的性，所以，对于自然本身是没有美或不美可言的。至于人类创造物，在实用性为意志的全部时，也同样没有美或不美的存在。在第二属性追求祭祀和权力象征的阶段，在美的意识没有开启时，美依然不存在。只有人关于美的意识开启时，美才在对象物身上显现出来；人沉睡时，物也在沉睡之中。

但人的美的意识不是一下子就醒来的，它的醒来是一个缓慢的过程。在祭祀和权力象征的追求中，人开始意识到必须有与神或权力相匹配的形式，这是形式主义美学的源头，但我们可以看到，是内在神圣性或者权力愿望在支配和定义着形式、材质与需求的统一，不能被内在的权力所定义的形式和材质必将被美排除。牙齿、骨头、贝壳符合酋长的身份，所以它们是美的；青铜的厚重符合庙堂的庄重性，所以它是美的；大理石石柱的重量和体积能够支撑起帝国的威严，所以它是美的；饕餮纹的粗犷才配得起君王的胸襟，周朝编钟的鸣响正是君子的心灵的回音，所以它们是美的。无论什么时候，都是人在定义美的所在。反过来，如果人消失了，或者定义美的人换成其他人，美就产生变化或者消失。但在人类的历史中，人被共同的经验——人类的历史、文化所影响，借助各种教育、强制性的规范，宗教的活动以及经济的催化，美的经验和逻辑慢慢被建立起来。这些美的经验和逻辑慢慢成为美的本质。但这些本质性的认同也会因为需求而被打破，并演变成一种意识形态的争夺。而艺术家正是在这种美的经验底下有目的地去制作人类的创造物，并经受着人类历史的考验。

击穿文字壁垒
BREAKING DOWN TEXTUAL BARRIERS
聚焦智慧光点
一起触摸生命本质的脉动

微信扫码

走近作者
了解作者生平故事，
深入挖掘创作动机。

拓展阅读
阅读作者更多作品，
感受哲思与抒情的巧妙融合。

名家书评
探究作品思想与艺术价值，
开阔阅读视野。

感悟分享
记录分享每一刻阅读心得，
交流碰撞思维火花。